轉學後班上的
清純可愛美少女，
竟是小時候玩在一起的
哥兒們
4
Hibariyu
雲雀湯
illustration シソ
U0045745
Kadokawa
Fantastic Novels

天空是澄澈得彷彿能
穿透的藍白色。
放眼望去，
全是綠意盎然的田園風景。
四面環繞的群山
傳來枝葉摩娑與蟬鳴的聲音。
如此與都市喧囂無緣的山村，
就是月野瀨。
霧島姫子
Himeko Kirishima
村尾沙紀
Saki Murao

二階堂春希
Haruki Nikaidou
霧島隼人
Hayato Kirishima

「之所以會有現在的『隼人』，
一定是沙紀的功勞……」
啊啊，恐怕……
她早已看出沙紀
懷有的心意了吧。

衣袖舞動時充滿了聖潔，舞步莊嚴，
時而奏響的清脆鈴聲，
以及沙紀千變萬化的表情。
春希無比震懾。
她看得出神，甚至忘記呼吸。
身體彷彿被釘在原地般僵住，
完全移不開視線。

Contents

4
Hibariyu
雲雀湯
illustration
シソ
轉學後班上的
清純可愛美少女，
竟是小時候
玩在一起的
哥兒們
Kadokawa
Fantastic Novels

序章

在玉露生寒的深秋時節，某次放學後的回家路上。

兩眼無神的姬子茫然地走在田埂路上。

『哎呀，小姬，幸好妳媽媽沒什麼大礙！』

『不過暫時只剩下妳和哥哥兩個人了吧？遇到問題儘管說喔。』

『……』

先前母親被送到了位於山腳下的醫院，聽田裡的村民說著擔心母親的話語，姬子的心也毫無波瀾。

姬子愛理不理地別開目光，若無其事地再次邁開步伐，臉上已經毫無感情可言。

這個小小的世界，總是忽然從姬子身邊奪走重要的事物，藏到某個地方。

母親如此，春希亦然。

所以姬子決定對一切視而不見。她不願再聽到讓人心煩的話語，要是多嘴說了幾句，感覺其他東西也會被奪走，因此她把耳朵、嘴巴，連同心靈都封閉起來。因為只要無欲無求，就不會再受傷了。

她不經意地抬頭仰望天空。

被四面環繞的山巒框住的天空就像破了一個大洞，鬆軟的雲朵漫無目的地飄盪而過。

姬子朝雲朵伸出手。

但她什麼也沒抓住，雲朵從她手中悄悄溜走。

那朵雲到底要去什麼地方呢？

是不是要翻越那座山，前往月野瀨（這個小小世界）外的某個地方？

這時，一個念頭忽然浮上心頭：如果追著那朵雲走，我是不是就能前往另一個世界？雲朵會帶我到媽媽和春希所在的地方嗎？

姬子的腳步蹣跚，抬頭看著天上的雲、遠方的天，心神不定地一路往前走，彷彿受到了牽引。

輕飄飄，軟綿綿。

慢悠悠，茫茫然。

『危、危險！』

『……？』

忽然間，有個人小心翼翼地拉住姬子的手臂。

姬子回頭一看，發現是一張熟悉的臉龐，原來是村裡少數跟她同年的小學女孩。女孩一臉為難，顯得不知所措，彷彿想拉住自己。

這個女生為什麼要抓住我的手臂？

姬子不明所以，於是默默地撥開她的手，再次追逐雲朵的行蹤。

『啊……等等，等一下啦～～』

『…………』

轉啊轉，晃啊晃。

不疾不徐，悠哉悠哉。

姬子渡過陌生的橋樑，橫越大河，走過未知的建築物。

那朵雲只是順順地流過天際。

兩名年幼的少女在地上踩著踉蹌的腳步，追著雲朵跑。

『……！』

『妳、妳沒事吧！』

姬子的腳忽然絆了一下，摔倒在地。
擦破皮的膝蓋傳來陣陣刺痛。
跟在後頭的女孩連忙扶她起身，姬子卻只是眺望著那朵拋下自己、飄向遠方的雲朵。
『妳、妳看，那邊有個公車站！我們去長椅上坐坐好嗎？』
被神情慌張的女孩帶到長椅處後，姬子渾身無力地目送消失在山頭另一端的雲朵。
『……』
『……！』
她什麼也沒做，只是呆站在原地低垂著頭。
不知不覺間，太陽已經染紅了西方的天空，在姬子的臉龐灑下一道影子。
這時傳來一陣喇叭聲，隔了一會，又傳來「噗咻」的開門聲。
姬子抬頭一看，映入眼簾的是公車司機疑惑的表情。
『小妹妹，妳們要上車嗎？』
她不知道這輛公車要開向何處。
姬子往公車的行駛方向看去，發現是雲朵消失的那個方向。
於是她用行動代替回答，宛如被公車吸引般搖搖晃晃地站起來——

『不行～～！』

『……唔！』

伴隨著這聲強硬的喝止，姬子的手也被用力抓住。

『……呼，趕快回家吧，兩位小妹妹。』

見狀，司機傻眼地嘆了口氣，便關上車門駛離公車站。

姬子十分困惑。

心中充滿了「為什麼」這三個字。

她露出有些不服的神色回頭望去，接著驚訝地瞪大眼睛。

『要是妳走了，哥哥跟我……都會很寂寞！會很傷心耶！嗚、嗚哇啊啊啊啊！』

『…………啊。』

從女孩眼角滑落的眼淚、顫抖的話語，都重重擊打上姬子的胸口。

姬子總是被拋下的那個人。

所以，她比任何人都了解被留下來的人有多痛苦。

那個放聲哭喊的模樣，跟以往的自己逐漸重疊。

女孩的眼淚成了導火線，讓姬子原本理應深埋在心底的情緒，頓時化作淚水滿溢而出。

『嗚啊啊啊啊啊啊啊啊啊啊啊啊！』

『哇啊啊啊啊啊啊啊啊啊啊啊啊！』

兩名年幼的少女就這麼牽著手放聲大哭，直到眼淚都流乾為止。

當西方的山巒完全被染成茜紅色時。

姬子牽著女孩的手，踏上走回村子的路。

她有些尷尬地嘀咕道：

『……那個，我叫姬子，霧島姬子。』

『咦……啊，我、我叫沙紀，村尾沙紀。』

『沙紀，今天很謝謝妳。還有，那個，以後也請妳多多指教……』

『唔！哎、哎嘿嘿～～嗯！請多指教，小姬！』

兩道並肩的影子愉悅地晃啊晃的。

這時，有輛小貨車開到她們眼前。姬子看到源爺爺坐在駕駛座，在車斗上，朝兩人用力揮手的人是她的哥哥。

『霧島小弟，找到霧島小妹了！』

『姬子～～喂～～姬子～～！』

『……啊。』

姬子渾身一震。她回想起自己最近的態度。

哥哥向她搭話，她也不理不睬，只把自己關在封閉的殼裡。

因為擔心這樣的姬子，哥哥比以往更費心地照顧著她。

今天哥哥也不停跟她說，他要用放學回家時鄰居分送的蔬菜和香菇做豪華漢堡排。

不安讓姬子的臉扭曲得很難看。

儘管如此，哥哥還是一臉擔憂地跳下車斗，跑了過來。

『姬子，妳去哪裡了……妳受傷了耶！沒事吧！』

姬子緊緊地抓著裙襬。

看到哥哥連珠炮似的說個沒完，姬子不知道究竟該用什麼臉面對他，有些不知所措。

但一旁的沙紀露出一抹微笑，輕輕地推了她的背。

『……唔。』

眼前的哥哥，臉上滿是疲憊。

發現姬子不見後，他一定到處尋找姬子的行蹤。

姬子覺得該對心急如焚的哥哥說點什麼，於是拚命搜索詞彙。

『…………………哥。』

她沒有像平常一樣完整地喊出「哥哥」兩字，只能努力擠出這個字。

然而，一聽到這個字，哥哥臉上立刻出現了笑容。

『歡迎回來！我們回家吧，姬子。』

『……嗯。』

她握住哥哥伸過來的那隻手。

源爺爺哈哈大笑，沙紀也輕笑出聲。

或許是覺得被調侃了，只見哥哥連耳根子都紅了，而姬子跟在哥哥的身後。

被染成茜紅色的天空。

擦傷的膝蓋。

緊緊牽著的兩隻手。

川流不息的片片流雲。

這一天。

在某個秋冬交替的天空之下。

姬子和沙紀變成了好朋友，哥哥變成了「哥」。

第1話 在全心寄託的牢籠中綻放光采

天空是澄澈得彷彿能穿透的藍白色。

放眼望去，全是綠意盎然的田園風景。

四面環繞的群山傳來枝葉摩娑與蟬鳴的聲音。

如此與都市喧囂無緣的山村，就是月野瀨。

在光禿禿的田埂路上，興奮的一行人聊得不亦樂乎。

「嗯～好懷念喔！空氣也好清新！而且感覺好涼爽！」

情緒異常高漲的春希張開雙臂跑在前方，接著轉了一圈。

「小春，妳也真是的……不過這裡真的比都市涼爽呢，哥。」

「是啊，我也覺得有點懷念。」

「這裡的步調比較緩慢悠閒呢～」

「啊，你們看！是螯蝦，這裡的水渠裡居然有螯蝦！」

「春希……」「小春，妳在幹嘛啦……」

春希不知何時跑到田埂路旁邊的灌溉水渠，一臉興奮地盯著裡頭看。

隼人和姬子雖然傻眼，卻也瞇起雙眼尋找棍子，想一起往水渠裡戳。

沙紀站在與三人相隔一步的地方，看著他們嬉鬧的模樣。

三人之間的互動充滿了歡快的氣息，光是在一旁聽著，心情就跟著愉悅起來。

想必以前也是這種感覺吧。

雖然很想加入其中，但沙紀擔心自己加入後會擾亂氣氛，所以此刻的她像過去一樣，只在一旁觀望。

她發出一陣帶著自嘲的嘆息。這時，春希看著她問道：

「沙紀，妳今天沒穿巫女服啊？」

「咦，啊……！」

春希硬是從她背後推了一把，讓她加入眾人的話題。

「對了，妳難得沒穿巫女服耶，感覺像是妳的註冊商標了。」

「因、因為，小姬家閒置了一段時間，我想幫忙打掃……」

「原來如此，穿著巫女服確實不太方便～」

「嗯，我也不太想穿著巫女服去小姬家。」

「村尾，妳居然連這方面都考慮到了……啊啊，那個，謝謝妳。」

「啊，那我也去幫忙吧！但我想先放行李耶～」

說完，春希就拍了拍自己的波士頓包。

沙紀試著加入圈子後，就像在聊天群組一樣，話題一下子就熱絡起來了，彷彿從以前就一直是如此。

這種感覺真奇妙。如今他們也熱烈地討論著「這麼說來，這裡到處都能看到小貨車耶」這種話題。

不久後，一行人來到分別通往神社和霧島家的岔路口，於是他們舉手暫別。

沙紀和春希並肩走在前往神社的路上。

或許是覺得許久未見的月野瀨風景很稀奇，只見春希不停張望四周。

沙紀再次觀察起走在身旁的春希。

和自己截然不同的亮麗黑長髮、可愛動人的小巧臉蛋、身上穿的雪白連身裙，在在表現出都市麗人的清純氣息，真是個非常漂亮的女孩子。

而且還會像剛才那樣帶領自己加入話題，性格爽朗大方、招人喜愛。

沙紀忍不住拿春希與自己相比，一股嘆息已經湧上喉間——

「沙紀，別這麼客氣嘛，可以再任性一點啊。」

「唔！」

「只要踏出一小步，世界就會有所改變。我們的聊天群組是如此，妳對隼人的心意肯定也是……」

說到這裡，春希對她微微一笑。

那雙眼彷彿看透了沙紀的心，讓她的腦子一片混亂。

「……為什麼？」

沙紀驚訝地眨眨眼，這句話也跟著脫口而出。

春希將視線移向村子的中心地帶，用有些懷念的嗓音低聲說道：

「畢竟我以前也是被人硬拉出來的……因為沙紀說想見我，我現在才會在月野瀨啊。」

「春希、姊姊……」

沙紀來回看了看春希的臉龐以及伸向自己的手。她只猶豫了一瞬就立刻握住那隻手，臉上也逐漸湧現出笑意。

「走吧？」

「嗯！」

沙紀雀躍的聲音飄向蔚藍的高空中，一陣風呼嘯而過。

今年的夏天肯定不同以往——這股預感讓沙紀的心情無比激昂。

◇◇◇

從設有公車站的縣道往南邊靠山的方向走了二十分鐘後，以月野瀨的標準來說相對嶄新的民宅，就是霧島家。

「我回來了……這樣說感覺有點奇怪耶。」

「唔，有夠悶，而且到處都是灰塵。」

「姬子，先把所有窗戶打開吧。」

「好～～」

這個家閒置了兩個月，中間還隔了一段梅雨季節，室內瀰漫著有些濕冷的獨特氣息。

隼人和姬子把行李放在玄關，將緊閉的窗戶和擋雨窗逐一打開。

隨後，從山上吹下來的風頓時竄進屋內。

沁涼又宜人的風和都市截然不同，彷彿將屋內滯悶的空氣和舟車勞頓將近半天的疲勞都一併帶走了，讓隼人忍不住瞇起眼睛。

雖然湧現出想要直接倒頭午睡的衝動，但他不能這麼做。

現在已經下午了，還有很多事得趕在太陽下山前完成。

「……只要沒人住，房子就會損壞啊。」

隼人將視線往下移，看到地板上生了一層薄薄的灰，心想得稍微打掃一下。這時，閣樓上傳來姬子的聲音。

「哥～～床單怎麼辦～～？」

「啊～～還是先洗一下比較好。現在洗完，傍晚時應該會乾，把我的床單也丟進洗衣機吧。」

「ＯＫ～～對了，秋冬的衣服怎麼處理？」

「這個嘛……之後再用宅配寄過去吧。」

一邊聊著，隼人環視了客廳一周。

映入眼簾的是將相鄰的兩間房打通的和室，面積比都市的公寓大了兩倍。

放在客廳裡的電視櫃、沙發、餐具櫃和櫥櫃，都跟兩個月前一模一樣，彷彿時間被靜止了一般。

在都市使用的生活用品，大多都是在那邊買齊的。

他們當時搬家和轉學時就是這麼趕。

隼人將沙紀剛才在路上轉交的分送蔬菜放進空蕩蕩的冰箱，並思考要從哪裡開始整理。

這時，在月野瀨鮮少聽見的電鈴和玄關的對講機傳來聲響。

「來了～～……呃，春希和、村尾……？」

「嗚嗚嗚～～……」

「呃，那個，我是村尾沙紀……」

來客正是春希和沙紀。她們應該是放完行李後過來的。

但兩人的樣子有點怪異。

春希滿臉通紅地縮著身子，沙紀則慌慌張張的。

隼人疑惑地歪著頭，不曉得到底發生了什麼事，這時姬子也從閣樓上下來了。

「啊，是小春跟沙紀啊！歡迎……哥，你幹了什麼好事！是性騷擾嗎！」

「哪有啊！我才想問呢！」

姬子狠狠地瞪了隼人一眼，春希才吞吞吐吐地解釋道：

「……都是沙紀的錯。我真的被她害慘了……」

「啊？」

「不、不是的！因為春希姊姊的優點多到數不清，我想讓村裡的人都知道這件事，之前就幫她四處宣傳，所以才……！」

「來、來這裡的路上，每個見到我的人都說『好可愛喔～～簡直判若兩人～～真是個大美人呢～～沙紀、隼人和小姬就麻煩妳多多關照嘍～～』！我總算明白『捧殺』這個詞的意思了！」

看樣子，沙紀之前在月野瀨到處散播了春希的情報。

幸好大部分的村民都用友善的態度歡迎她，但春希不習慣這種禮遇，才會演變成這種結果。

隼人與姬子看向彼此，想像到春希和沙紀當時接受鄉下特有的熱烈吹捧的畫面，臉上便自然而然地揚起笑容。

「「……噗！」」

「小、小姬～～」

「連、連隼人都這樣～～！」

春希鼓起臉頰，對霧島兄妹的反應十分不滿，走進玄關時還抱怨連連。

走進客廳的那一刻，春希忽然停下腳步，似乎僵住了。

隼人越過春希的肩頭看去，看到蒙上些許塵埃，但跟兩個月前一模一樣的尋常客廳。他疑惑地皺起眉頭。

「春希？」

「……啊，呃，那個，我只是覺得都沒有變耶。」

「是嗎？擺設換了好幾次，也變得有點老舊了吧。」

「啊哈哈，該怎麼說，就是有種回到『隼人家』的感覺……」

「唔！」

說完，春希回過頭來，臉上還帶著一絲靦腆，有種與以往不同的嬌俏感，非常可愛，讓隼人不禁怦然心動。他用力抓抓頭，將臉別向一旁，試圖掩飾這份羞澀。

「哥，趕快把家裡掃一掃吧。」

「是啊，我們要做什麼？」

「我、我也……」

「……真的可以嗎？」

聽隼人這麼問，春希和沙紀都理所當然地點頭回應，姬子也求之不得地說：「我想快點開冷氣！」

長大成人的春希，以及過去沒什麼交集的妹妹朋友（沙紀），此刻都在隼人月野瀨的老家裡。

感覺有點不可思議。兩個月前的隼人，根本無法想像眼前這一幕。

「那就先從——」

不過，這種感覺也不賴。於是隼人瞇起眼，開始下達指示。

霧島家是獨棟的木造平房，在月野瀨算是一般大小，但是以都市基準考量的話坪數相當大。實際上，光是建築面積就比都市的公寓大了一倍以上。

儘管如此，只要四人分工合作，大約一小時就能大致打掃完。

「這樣就行了。」

隼人在院子裡晾完床單後，暫時歇了口氣。

他用手背擦去額頭上的汗，並從原本緊閉的落地窗走回客廳，就看到姬子在開著冷氣的房裡癱軟在沙發上。他五味雜陳地皺起眉，隨後沙紀端著放了茶杯的托盤從廚房走過來。

「呃，這是我帶來的瓶裝茶，我問了姬子，她說杯子可以用……可能已經不冰了。」

「啊～～沙紀，謝謝妳～～」

「姬子……村尾，真不好意思。」

看樣子她們先打掃完了，沙紀還幫忙倒了茶。

隼人瞪了姬子一眼，她卻依舊癱在沙發上。

和神情尷尬的沙紀對上視線後，兩人都露出苦笑。

「小姬就是這樣嘛。」

「……真是的。」

接過沙紀端來的茶後，隼人一口氣喝下肚。雖然有點退冰，但在滿身大汗的狀況下，水分流過喉間的感覺舒爽極了。隼人「呼」地吐出一口氣。

這時，隼人才忽然發現春希不在。

她剛才應該跟姬子打掃同一個房間啊。

「姬子，春希呢？」

「嗯～～小春？對喔，沒看見她耶。是不是在附近閒晃啊？」

「…………咦？」

隼人的雙肩猛地一震，總覺得有不好的預感。

以前春希也經常來霧島家玩，格局跟當時並沒有太大的差別。

隼人的腦海中忽然浮現春希喜孜孜地在他房裡「探險」的模樣。

「不會吧！」

「哥……？」

「哥、哥哥？」

隼人急忙衝向房間，他的目標是姫子房間的隔壁，那個閣樓改建成的房間。姫子和沙紀都被隼人突如其來的行動嚇得瞪大雙眼，但隼人沒時間顧慮她們的感受了。

「春希！」

「………」

他用力打開房門。

雖然東西少了一些，但他的房間跟搬到都市之前沒什麼差別，而春希就跪坐在房間正中央的地板上。

她的姿勢像靜候多時了，但她臉上毫無表情。

春希刻意擺在面前的東西是一個光碟盒，上頭印著一名楚楚動人的銀色長髮美少女和碧藍如洗的晴空，還貼著一張閃閃發亮的貼紙，貼紙上的數字「18」格外顯眼。在血氣方剛的

「少年」房間裡，出現一兩個這種東西是很正常的。

「……」

「……」

明明時值盛夏，氣氛卻讓人不寒而慄。

這種感覺並不是「尷尬」，隼人的表情僵硬，一道冷汗滑過背脊。

春希露出一抹相當明顯的假笑，並用右手拍了拍地板，似乎在示意隼人坐下。

「呃～～那個，這是……」

「是《緣分天空》吧？」

「啊，對，是《緣分天空》沒錯。」

「是『我本人』也欣賞過的深夜動畫的原作——色情遊戲吧？」

「我、我還沒搬家的時候，高中有人喜歡這款遊戲，是那傢伙硬塞給我的……」

「你玩過了嗎？」

「呃，那個，這個嘛……」

「總之先坐下來吧。」

「……………………遵命。」

隼人當場坐下，心情宛如要接受偵訊的嫌犯。不知為何，他自然而然地變成了正襟危坐的姿勢。

他和春希面對面，中間還放著那個色情遊戲。

緊張的氣氛充斥在房內。因為是用閣樓改建的房間，天花板比較低，更增添了幾分窒息感。

「…………所以呢？」

「所以？」

「隼人同學，你到底喜歡哪個角色呢？」

「那、那個，春希同學……？」

「是兒時玩伴的巫女、學姊、班上的千金，還是印在封面上的親妹妹呢……你最『寵幸』的是哪個女孩？」

「等等，妳在問什麼啊！」

「少廢話！」

「我、我才不會說咧，笨蛋！」

雖然是被同學強迫推銷（推坑）的，但隼人也是個健全的男高中生，一定會對這種遊戲有興趣。

他當然已經玩過一輪，原作的精采程度確實足以改編為動畫。他還破了所有路線，也有幾個在各種意義上非常喜歡的場景。

但這些話當然不可能告訴春希。即使是非常心有靈犀的兒時玩伴，春希依然是女孩子，而且是連隼人都覺得可愛的女孩。

真想立刻逃離現場。

但他被笑容滿面的春希壓得死死的，根本逃不了。

隼人冷汗直流，視線不知所措地四處游移。

這時，他聽見有人急忙跑上樓梯的腳步聲。

「哥、小春，怎麼發出那麼大的聲音，發生什麼事了～～？」

「哥哥、春希姊姊，怎麼回事啊～～？」

「…………啊。」

姬子和沙紀來到房間後，表情都僵住了。

隼人和春希姿勢端正地跪坐在地，中間放著一個封面印著美少女的光碟盒，上頭還貼了閃閃發亮的十八禁貼紙。看到這一幕，馬上就能察覺到是什麼狀況。

隼人臉上的血色盡失。

姬子用不屑的眼神瞄了哥哥（隼人）一眼，和春希互相點頭示意。

「小春，這是那種不可描述的色色遊戲嗎？」

「對，是超級不可描述的色色遊戲。」

「……我也算是懂得體諒的妹妹，哥也到了這個年紀，這樣很正常啦。對吧，沙紀？」

「唔咦？那、那個……原來哥哥也對這種遊戲、感興趣啊……」

「不，這是同學硬塞給我的，那個，拜託饒了——」

「可是姬子和沙紀都有在這個作品裡——」

「春希————！」

「哇噗！」

眼見春希下一秒就要脫口說出什麼，隼人急忙用身邊的抱枕壓在春希臉上。這是一種反射動作。

但事發突然，春希淚眼汪汪地狠狠瞪了隼人一眼，姬子傻眼地嘆了口氣，沙紀則驚慌失措地看著他，而隼人完全是如坐針氈的狀態。

「我、我出去買晚餐！」

隼人真的一刻也待不住了，拋下這個藉口，隨即站起身就往門外狂奔。

被留在原地的春希、姬子和沙紀彼此面面相覷，並露出無奈的苦笑。

待在這裡也無事可做，但不知為何，每個人都沒有動作。

三人的視線都停留在那個光碟盒上。

「唉～～被他逃走了。」

「真是的，誰教小春要笑他。」

「我、我們是不是太過火了～～……」

大家嘴上這麼說，四周的氣氛卻有種莫名的躁動感。

女孩們的眼中都流露出好奇之色。

「……對了，這個遊戲的劇情是什麼啊？」

「我哪知道。小春，這很有名嗎？妳知道劇情嗎？」

「嗯～～我只看過動畫而已，聽說跟遊戲很不一樣。」

「……」「……」「……」

接著，她們用宛如共犯的表情對彼此點點頭。

「啊啊，可惡，春希這傢伙！」

隼人用盡全力踩著腳踏車，在田埂路上奔馳。

這裡的路跟都市不一樣，是未經鋪設且種植了彼岸花的裸露地面，讓車體「喀噠喀噠」地晃個不停。無止盡延伸的直線道路路面狹窄，只要踏錯一步，就有可能摔進灌溉渠道或田裡。

「唔！喔，危險！」

有一隻身形細長的棕色小動物忽然從田裡衝了出來，隼人急忙按下剎車，腳踏車便伴隨著一陣塵煙打橫停下。原來是黃鼠狼。

黃鼠狼似乎也被嚇到杵在原地，一跟隼人對上視線，牠就直接往山的方向逃去。

這在月野瀨是常見的光景。

但隼人只是茫然地看著黃鼠狼逃竄而去，彷彿那是很久以前的事。

「……對喔，這裡是鄉下啊。」

隨後，他嘆了一口氣。

神情尷尬地搔搔頭後，他發出自嘲的笑聲，重新騎上腳踏車。

隼人的目的地，是月野瀨果菜生產合作社的附設賣場。

說到月野瀨的生鮮食品，雖然果菜類的品項十分豐富，但魚肉類就得仰賴每週只來三次的移動式超市。仔細想想，今天不是移動式超市會來的日子，跟隨時想買就能買到商品的都市不同。

這時，隼人放眼望向四周。

四周環繞著的不是鋼筋水泥建築，而是樹林茂密的群山，平地上，電線桿彷彿抓緊空隙地排成一列。一望無際的田園取代了整齊劃一的住宅，周遭傳來的不是人車聲，而是昆蟲或動物的氣息。

直到兩個月前，都還是每天都會看見的景象。

儘管如此，隼人卻覺得這些事物有些陌生，有種齒輪錯位的怪異感。

看來在這短短的幾個月，感覺就變了不少。

春希也算是這種熟悉卻陌生的象徵。當她的臉掠過腦海時，隼人將手放上胸口。

「………」

他的神情變得有些嚴肅，並改變行進方向，前往某個場所。

爬上通往高地的那條路後，能看見一幢古老巨大的日式民家，其特徵是在月野瀨也算年代久遠的倉庫。一如雄偉的存在感所示，這棟房子過去是這一帶村長的富農之家。

但與雄偉外表不同的是房屋各處都有損壞，還能看見破碎的窗戶玻璃。庭院雜草叢生，感覺早已無人居住。

其實這裡從五年前就是空屋了。無人居住的家，腐朽的速度也很快。

「這麼說來，當時『春希』堅決不肯告訴我這個地方吧……」

隼人回想起過往。

他跟春希在月野瀨的各個地方到處玩耍。

不只在大自然中的山野溪流四處奔跑，他們也會在房間打電動，和姬子一起玩娃娃或積木，也會畫圖，可是這些全都是在霧島家進行的。

當時他不覺得奇怪。當他提議「想去春希家玩」時，春希總是回答「在隼人家比較好，而且小姬也在」，而他也接受了這個答案。

隼人將視線移向某座山的一角。

只有該處的樹木被砍了一半，與其他山景截然不同的模樣，就像墨水潑灑在宣紙上一樣醒目。

「『岩柱戰場』啊……」

那裡躺著一個巨大的岩石，還有一大片林立著有些腐朽的成排水泥柱的廣場，看起來就像被毀壞的神殿。印象中，他們夏天時經常在那裡玩水槍。

說來也沒什麼，這只是過去泡沫時代開發到一半就中斷的建築遺跡，原先可能是要蓋飯店或高爾夫球場吧。

主導這個建案的人，似乎就是春希的祖父母。

話雖如此，泡沫時代是隼人出生以前的事，當他懂事時，二階堂家早就沒落了，也幾乎不和村民交流。看樣子當時在開發招商的過程中，在月野瀨引發了很多問題，但隼人對其一無所知。

結果五年前，春希的祖父母終於被龐大的債款逼得無路可退，土地和房產都被扣押後，連夜跑路，就此失去了蹤影。這就是隼人對二階堂家的認知，只要是月野瀨的居民，每個人都知道這件事。

「『二階堂』、春希……」

刻意將這個名字說出口後，隼人不禁眉頭緊蹙。

以前他還小，什麼都不知道，只覺得能跟春希一起玩就好了。

而且記憶中的春希，總是笑容滿面。

可是，不論春希在隼人心中是何等存在，春希依舊是眼前這個破敗家族的孫女。

月野瀨的村民們，究竟是用什麼眼光看待春希的呢？

春希一定早有心理準備了吧。

他想起在前往月野瀨的電車上發生的事。

能和沙紀見面讓春希相當期待，還雀躍地說著要去河邊釣魚玩水、在山裡抓獨角仙或鍬形蟲、想召集大家來烤肉等等……從頭到尾都帶著重逢後始終掛在臉上的那有些淘氣的笑容，跟小時候如出一轍。

隼人忽然想起第一次見到春希時，她抱膝而坐的模樣。

不論是說著「因為我是獨生女」，走進昏暗屋內時的寂寞表情，還是抱怨「我一直乖乖地等著他們」時顫抖的雙肩，或是前陣子在水上樂園喊出「少囉嗦，閉嘴，滾開」這般充滿隱忍的聲音，都能從中看到初次見面時的那抹身影。

每次看到春希開朗的表情，自己也會跟著笑逐顏開。但在她爽朗的外表之下，究竟懷抱著什麼樣的隱情呢？

現在一定也是……

「啊啊，可惡，搞不懂啊……」

各種思緒在腦海中亂成一團。

剛才明明因為太尷尬而逃出家門，如今卻恨不得馬上見到春希，這樣的自己簡直滑稽又可笑。

「真是的，春希——」

將胸口躁亂難解的心情說出口後，這句話正好被從山上吹下來的風帶走了。

隼人抵在胸口的手將上衣抓出幾道皺褶，轉身邁開腳步。

太陽已經快要落入西方的地平線了。

在逐漸柔和的陽光中，隼人推著腳踏車，走下不同於都市、狹窄又傾斜的陡峭山坡。

回到郵局及商貿流通業者所在的大街——月野瀨市區時，從前方駛來的小貨車朝他按了聲喇叭。

「喂～～找到了找到了。霧島小弟～～！」

「源爺爺？」

從駕駛座探出頭舉手招呼的人，是熟悉的鄰居爺爺。

隼人和獨居的源爺爺之間的交情，是會經常幫他處理農穫或割草等農務，並從他那裡拿到一點零用錢。看樣子他找隼人有事，因此隼人停下推動腳踏車的手。

「我想請你幫個忙～～」

「什麼事～～？」

「今天晚上要商量祭典的細節，順便辦個宴會～～你可以再幫忙出幾道菜嗎？」

「啊～～可以啊～～我跟姬子說一聲，再去老地方跟你們碰面。」

「不用，我已經把她帶過來了。」

「什麼？」

源爺爺用下顎指了指車斗方向，只見春希從車斗探出頭，一手搭在貨車載運的玉米上，滿臉羞怯地揮揮手。隼人一時間沒辦法釐清狀況。

車斗上還放著其他宴會上要使用的蔬菜，春希應該是負責看守的吧，這個他看出來了。

不顧隼人困惑的反應，源爺爺豪爽地笑道：

「啊哈哈，哎呀，真不敢相信！以前把我的羊套上襪子還笑得樂呵呵的壞蛋同夥，居然變成了這麼漂亮的大美女啊！」

「呃，那、那是小時候的事情了……」

「沒錯！以前啊，妳抓到昆蟲或蛇褪下來的皮都會拿來給我看，還會亂摘可疑的野草吃到拉肚子，現在居然變得這麼乖巧又楚楚動人，真的是女大十八變耶～～！」

「討、討厭！源爺爺真是的……！」

看來源爺爺雖然對春希的變化感到驚訝，卻也覺得十分有趣。

被源爺爺這麼一看，春希頓時縮起雙肩，用手摀著嘴別開目光。如此文雅嬌羞、楚楚可憐的少女模樣，從過去的惡童形象根本難以想像。

源爺爺也忍不住瞪大雙眼，輕咳幾聲，像在為方才的調侃之詞道歉。

跟在學校表現的乖乖牌形象相比，現在這個偽裝更勝一籌。

和春希四目相交後，春希只回了一個尷尬的笑。

當隼人皺起眉頭時，春希後方傳來一道語帶不滿的嗓音。

「源爺爺，你開太快了啦～～！我們騎腳踏車耶～～！」

「呼～～呼～～！」

「啊哈哈，抱歉啦，姬子、沙紀！」

原來是拚命踩著自己的腳踏車的姬子和沙紀。至於沙紀，已經有點喘不過氣了。

見狀，春希帶著有些歉疚的表情跳下小貨車車斗。

「源爺爺，既然已經跟『隼人』會合了，我就在這裡下車吧，謝謝你。麻煩先把蔬菜載過去吧。」

「喔，這樣啊，那老頭子就先退下啦！哎呀，實在不能小看霧島小弟呢！」

源爺爺看到春希的反應，便笑盈盈地對隼人豎起大拇指。

不顧隼人依舊困惑的模樣，源爺爺咳了幾聲，再次轉頭看向春希。他的態度變得有些忸怩，吞吞吐吐地說：

「呃，那個啊，二階堂先生當年忽然失蹤，雖然讓我很驚訝，但那些都是我們上一個世代留下的瓜葛。啊～那個，該怎麼說呢……」

「源爺爺……？」

「那個，沙紀好像也很顧慮妳的心情。哎呀，總之歡迎妳回來，真心歡迎！小孩子就別想那些麻煩事了！那我先過去啦！」

語速飛快地說完這些話後，臉上浮現些許紅暈的源爺爺立刻發動小貨車，轉眼間就揚長而去。看來他是想告訴春希別在意這些事。

春希訝異地眨眨眼，和隼人對上視線後，「啊哈哈」地回了個笑容。

「源爺爺還是老樣子呢。」

「他也一直很照顧我。」

「說不定是我想太多了。」

「……可能吧。」

春希似乎有些沒了勁。她伸了個大大的懶腰，發出充滿疲憊的嘆息，肩膀也垂了下來。

「……不過，該怎麼說，大家都知道我小時候是什麼樣子，做起事來都綁手綁腳的。」

「誰教妳以前都跟哥一起惡作劇，這也沒辦法啊。」

「當時的春希姊姊算是有點頑皮？男人婆？類似這樣吧……」

「咕唔唔，如果以前的我在這裡，真想臭罵她一頓……」

「我不覺得小春會因為那樣就改變啦～」

「小、小姬！」

「啊、啊哈哈……」

姬子跳下腳踏車，拍了拍春希的肩膀。

哈哈大笑的姬子和驚慌失措的沙紀，反應截然不同。

看樣子春希抵達月野瀨後，就一直這麼彆扭了。隼人想起她先前說被村民們瘋狂吹捧的事。

春希這般和藹可親、溫柔婉約的乖乖牌（大小姐）模式，在鄉下確實是難得一見，再加上跟過去的反差，自然會受到村民的「熱烈歡迎」吧。剛才源爺爺的反應也不算差。

但不知為何，隼人心中卻湧現一股難以言喻的浮躁。

「……隼人？」

「唔！怎、怎麼了，春希？」

「沒有啦，源爺爺說的宴會，是在活動會館嗎？」

「對了，是在山腳下的神社入口附近，村尾婆婆的柑仔店旁邊。」

「啊，我想起來了！村尾婆婆的……呃，她該不會是沙紀的？」

「唔咦！是、是啊。雖然活動會館是我家神社在管理，但大家經常聚在這裡辦活動，我們就開了柑仔店提供零食和飲料。」

「啊哈哈，原來如此，難怪那邊有賣那麼多魷魚乾、鮭魚乾跟干貝唇等乾物。」

聊著聊著，一行人便來到活動會館。

會館位於月野瀨神社的山腳下，是一棟面積寬敞、屋頂以瓦片鋪設的單層建築。乍看之下很像屋齡老舊的日式平房，若沒有掛在門口的「月野瀨活動會館」招牌，不是月野瀨居民的人都會誤以為是一般住宅吧。

太陽還高掛在西方的天空，此時離日落還有一段時間。

會館附近的空地上停了好多台小貨車、電動自行車和腳踏車，建築物中也傳出了歡樂的笑聲，看來宴會已經先開始了。

一定就像往常一樣，有許多人聚在一起吧。

才剛這麼想，隼人的手就反射性地動了起來。

「嗯？隼人？」

「咦……啊～～不是……」

回過神來，才發現他抓住了春希的手。

這個舉動來得太突然，隼人自己也搞不懂動機為何。

但可以確定的是只要進入那個場合，她就會變成「二階堂春希」——這讓隼人皺起眉。

看到隼人的反應，春希露出苦笑，並嫣然而文雅地戴上乖乖牌面具微微一笑。

「『別擔心，隼人』。」

「……是嗎？」

隼人語氣含糊地回了一句，才用力搔搔頭，走進活動會館的大門。

踏進玄關後，從走廊就能一眼看到底。左邊有兩個紙門全都拉開的和室大房間，右邊則是儲藏室、廁所和茶水間，整體構造也跟獨棟民宅沒什麼兩樣。

順帶一提，儲藏室裡除了桌子和備用坐墊外，還有圍棋和將棋組。三坪大小的茶水間還有瓦斯爐，儼然是一間完善的小廚房。

在缺乏娛樂的月野瀨，大家只要逮到機會，就經常聚在一起舉辦宴會。這次的名義雖然是夏日祭典的事前商討，卻還有義勇消防隊的聚會、避難演練等各種巧立名目的聚會。隼人上國中後就經常被叫到聚會做下酒菜，賺點零用錢。

大房間已經聚集了二十幾名男性，隼人走進廚房後先簡單地做點小菜，動作相當熟練。他往大房間瞄了一眼，發現地上已經堆了幾個啤酒空瓶，看來已經喝開了。

至於大家酒席間的話題，果不其然還是春希。

「來，毛豆跟玉米煮好嘍～～有人還要再來一杯啤酒嗎……」

「喔，這邊這邊！哎呀，雖然已經聽沙紀說過了，但妳真的變了很多耶～～！一開始我還沒認出妳呢！」

「明明以前會往蟻窩裡灌水，還以此為樂呢！」

「還會把田埂路上的雜草綁起來做成陷阱！」

「走在柵欄上，結果把柵欄弄壞了！」

「真、真是的，別再虧我了啦！不給你們酒喝了！」

源爺爺他們「啊哈哈」地笑個不停，調侃春希與小時候的差異。春希氣得將準備遞上前的啤酒收回來，將臉別到一旁，似乎在跟眾人抗議她生氣了。

兼八叔叔可憐兮兮地說「那怎麼行」，想要伸手拿啤酒，還在氣頭上的春希就往他的手狠狠一拍。這些老交情的月野瀨村民臉上本來就很多皺紋，此刻更是豪爽地笑到皺成一團，可能也是因為有幾分醉意了吧。

「不過，也難怪他們會這麼說，因為小春以前跟男孩子沒兩樣嘛，而且我一直以為她就是男孩子。她來家裡的時候，很常找我去抓昆蟲吧？她居然找女孩子去抓昆蟲耶。」

「啊哈哈！這麼說來，她還把捕蟲箱裝得滿滿的，說自己是百蟬斬呢！」

「還一天到晚做獨角仙跟鍬形蟲的陷阱！」

「怎、怎麼連小姬都笑我～～！」

在茶水間的隼人一邊忙著備菜，一邊皺著眉頭看著房裡的景象。

拜姬子不知該說是吐槽還是救援的說詞所賜，跟以往（春希）完全不同的「二階堂春希」逐漸融入月野瀨的村民。這也是春希將孩提時代的所作所為列入考量後，呈現出來的完美演技（偽裝）。

她今天那身楚楚動人的雪白洋裝，流露出鄉下地方難得一見的和風婉約形象。有如此美麗的春希陪酒作樂，自然不會有人抗拒。

整體氣氛還算和樂。

大家都欣然接受了「二階堂春希」。

隼人的理智也明白這是必要之舉，但不知怎地，心中就是難以釋懷。或許是焦躁的情緒使然，他切菜的步調漸漸失控，把番茄切得歪七扭八。見狀，他眉頭皺得更緊了。

「等、等一下！哥哥，那個，山豬肉……我、我先用日本酒抓醃去腥了……」

「唔！啊，村尾，謝謝妳，妳還幫我備菜啊。先放在那裡吧。」

「好、好的。」

沙紀拿著薄切山豬肉片出現後，隼人的意識也切換回現實。

或許是因為緊張，沙紀動作僵硬地將肉放上調理台。

雖然最近經常在群組聊天，但兩人獨處面對面時，還是變回了一如以往的尷尬模樣。

隼人和沙紀四目相交，彼此都露出了難以言喻的僵硬苦笑。

「呼～～……啊，隼人，快把肉端上來啊。」

「春、春希……我現在才要開始做他們點的辣醬油豆腐肉捲。小菜不夠的話，就把那盤切好的番茄和小黃瓜端過去吧。」

「ＯＫ～～啊，回收的空瓶要怎麼辦？」

「那、那個，我來處理，妳先隨便放在旁邊吧。」

「啊，嗯，麻煩妳了，沙紀。」

「好、好的！」

沙紀從春希手中接過空瓶後，立刻拿到旁邊的柑仔店回收。目送沙紀離開後，春希高舉雙手伸了個懶腰，把肩膀轉得喀喀作響。

隼人的眉心皺得更緊了，他將臉轉向一旁低喃道：

「那個，不覺得不自在嗎？」

「啊哈哈，無法否認啦。」

「……這樣啊。」

「真是的，隼人你太愛操心了啦。」

說完，春希用纖細的手臂秀出二頭肌並拍了一下，彷彿在說「包在我身上」。

隨後，她就將裝在大盤裡的涼拌番茄和小黃瓜端過去了。

目送重新披上偽裝的春希離開後，隼人用力搖搖頭，著手準備大家點的菜餚。

在切成適當大小的油豆腐上薄撒一層鹽巴、胡椒和太白粉，放上蔥花後，再用去腥過的薄切山豬肉捲起來。

放入油熱的平底鍋煎至焦黃後，加入用醬油、味霖、砂糖、薑蒜末和豆瓣醬調製而成的醬汁，加熱到有些濃稠的程度。

最後在外面捲上紫蘇葉，撒點白芝麻。這是隼人的堅持。

很好——隼人對可口的賣相十分滿意。這時，他發現沙紀不知所措地晃著兩條髮辮往這裡看。看樣子她已經將啤酒瓶處理好了。

沙紀的視線在隼人的臉和裝著辣醬油豆腐肉捲的大盤子間來回游移，表情卻莫名尷尬。

說到底，以往在這種場合，沙紀基本上是不會出現的。

就算來了，頂多也是受家人所託，從柑仔店送點飲料或追加的食材過來而已。即使和隼人碰面，也只會點頭示意。

雖然知道她想問需不需要幫忙，但隼人也露出有些為難的神情。

沙紀的變化十分突然，所以他也不知該如何是好。

不過，隼人轉念一想。

沙紀和姬子是感情深厚的摯友，就像年幼時期的「隼人」和「春希」。

他忽然想起當年那場太過突然的離別。

他記得當時心裡總是空蕩蕩的，不管做什麼都覺得徒勞，任由每一天虛無地流逝。

（啊啊，原來如此……）

沙紀肯定也體會過這股寂寞的滋味。

理所當然的平凡日子忽然失衡，她的心也變得脆弱不堪吧，就像當年的自己一樣。所以，隼人完全能體會這種「好想做點什麼」、「好想像這樣幫一點忙」的心情。思及此，隼人就無法對沙紀袖手旁觀了。

他輕輕咳了一聲。

「村尾，可以幫我端過去嗎？」

「唔！可以！」

聽到隼人的這句話，沙紀頓時笑逐顏開，隼人也跟著笑了起來。當沙紀小跑步過來後，不知怎地，隼人的手也下意識地伸向她的頭。

「唔咦！」

「唔！啊，對不起！」

「不、不會，沒關係……」

「那個，是姬子……啊～～算了，當我沒說。」

那完全是無意識的行動。忽然被摸頭的沙紀嚇了一大跳，不只是臉蛋，連耳朵和脖子都染成一片通紅。

隼人看著自己撫摸沙紀的手，眼前卻莫名出現了姬子「那時候」的表情，還有春希淚流滿面的影子……於是他勉強擠出笑容，試圖掩飾尷尬。

「快過去吧。」

聽到隼人的催促，沙紀點點頭。

隼人往大房間瞥了一眼，準備將料理送過去，只見眾人還是跟剛才一樣拿春希做文章，聊得不亦樂乎。想當然耳，大家的臉上都充滿了笑容。

隼人在入口暫時停下腳步，繼續觀望房內的情景。

春希小時候的糗事不停被大家拿出來調侃，姬子又在一旁搧風點火，讓春希頻頻抗議，這個過程一再循環。被捉弄的春希除了害羞，還會露出鬧彆扭、發脾氣、著急萬分、開心雀躍、慌張，或是笑容滿面等各式各樣充滿魅力的表情。其中到底有幾分是她的算計（演技）呢？

這時隼人忽然發現，轉學第一天看到的春希、春希第一次和父親碰面，還有春希前幾天在水上樂園和愛梨針鋒相對的樣子，都和眼前這一幕重疊了。

不知為何，田倉真央的臉忽然掠過腦海——於是隼人搖搖頭，試圖拋開這個思緒。

「那個，怎麼了嗎？」

「唔！不，沒什麼，把菜端過去吧。」

「……這樣啊。」

沙紀用憂心忡忡的表情看過來，似乎對隼人突如其來的舉動感到疑惑。

兩人一走進大房間，眼尖的兼八叔叔立刻發現他們，並用力揮揮手。

「喔，來了來了！果然少不了阿隼的下酒菜啊！」

「大家都喝掛了，沒人能做嘛！」

「沒錯沒錯！」

朝氣蓬勃又豪爽的「啊哈哈」笑聲響徹了整間房子。看來他們一直都在興頭上。

和負責服務大家的春希對上眼後，春希回了他一個苦笑。

「隼人手上那盤給我，沙紀那盤就——」

「啊，沙紀過來這邊！」

「咦？啊，小姬。知道了～」

「哎呀，霧島小弟也別杵在那裡，過來坐啊。」

「我們有很多事想問問阿隼呢。」

「等一下，菜會灑出來啦！」

「——啊、啊哈哈……」

隼人立刻被大家逮個正著，強迫坐在春希身旁。

沙紀則是被比平常還亢奮的姬子帶回身邊，黏得緊緊的，看來姬子也沉醉在現場的氣氛當中了。見狀，隼人無奈地嘆了一大口氣。

隼人瞥了春希一眼，發現她正動作俐落地將自己端過來的料理分裝給大家，完全展現出機靈女孩「二階堂春希」的模樣。

所以隼人心中湧現出一絲捉弄的念頭，這時兼八叔叔他們正好找他搭話。

「阿隼，大城市是什麼樣子？」

「跟這裡差很多吧？」

「畢竟月野瀨什麼都沒有啊！」

「是、是啊。附近沒有投幣式碾米機，車站也在徒步可達的距離內，電車居然一小時就有好幾班。而且只要去百圓商店，舉凡餐具、收納或文具應有盡有，春希還買了微縮模型和塑膠模型的塗料跟工具呢。」

「嗯？阿春明明變得這～～麼淑女，卻還是愛玩那些東西啊？」

「俗話說『江山易改，本性難移』嘛。哎呀？該不會還像以前那樣，喜歡惡作劇吧？」

「差不多啦。她的個性跟以前沒什麼兩樣，我也常常被她整。你們也要小心別被她騙了喔。」

「討、討厭，隼人，你在胡說什麼啦！」

一旁的春希像是要抗議，嘟起嘴用力往隼人的手背一擰。周遭見狀，笑得更開懷了。

隨後，隼人繼續說個不停。

比如去挑選手機的事、電影院大得離譜的事，還有被水上樂園的規模嚇呆的事。他把這短短兩個月的所有體驗，當作旅行見聞說給眾人聽。

感覺真不可思議。

有種從長途旅行歸來的錯覺，心中有種難以言喻的暢快感。

隼人往一旁看去，和春希對上視線後，春希回了個羞赧的笑。她肯定也是同樣的心情。

隼人發覺心中的那塊疙瘩正在漸漸消失。

不對，或許只是他之前太緊張了吧。

「哎呀呀，這些男人已經先喝開了……天啊天啊天啊，這不是隼人嗎！」

這時玄關傳來「喀啦啦」的開門聲，還伴隨著一陣喧鬧。

聽聲音似乎是月野瀨的女性們來了。從隱約聽聞的對話中得知，她們在準備的祭典似乎跟男人們的不一樣。

眼尖的她們一看到隼人和春希，就立刻將兩人團團包圍，不給他們脫逃的機會。

「咦，旁邊這位難道是春希？」

「變成大美人了呢！原來妳真的是女孩子啊！」

「畢竟妳跟小隼以前都玩到滿身髒兮兮的，印象太深刻了！」

「咪呀！」

婆婆媽媽跟叔叔伯伯不一樣，動作毫無顧慮。

月野瀨的媽媽們對春希的身體又拍又摸的，但春希也不覺得排斥。看起來像是在對待女兒或孫女一樣，讓人會心一笑。

隼人露出苦笑，這時有位年紀稍長的女性悄悄來到他身邊，神情凝重地問道：

「對了，隼人，你媽媽還好吧？」

「嗯，託您的福，她現在在努力復健，爸爸也陪著她。」

「哎呀哎呀哎呀～～畢竟一直以來和義的心裡就只有真由美一個人嘛～～！對了對了，說到心上人，就要說到春希了。」

「春希怎麼了嗎？」

「你們兩個在交往嗎？」

「「…………咦？」」「唔！」

氣氛瞬間凝結。

隼人和春希不約而同地發出驚呼，一旁傳來倒抽一口氣的聲音。

完全沒料到會聽見這句話。

隼人和一臉乾笑的春希四目相交，不知該如何反應。但不解釋清楚，又不知道其他人會作何揣測。一道冷汗頓時滑過隼人的背脊。

然而，姬子卻在這時突然噴笑出聲。

「噗噗！什麼～～哥和小春嗎～～？不可能、不可能，沒這回事啦。小春現在雖然裝得一本正經，但來我家的時候可是超邋遢，內褲都被看光光，毫無女人味可言，連哥都一臉傻眼地裝作沒看見呢。啊，之前為了調侃哥，她還拿出色情——喔嘎！」

「ＳＴＯ～～Ｐ！小姬，ＳＴＯ～～Ｐ！」

「也、也是，春希就是那樣，她的食量應該勝過女人味了吧。之前也是嘴上說只是試試味道，結果把中華涼麵要用的蛋絲跟叉燒吃掉不少……好痛！」

「真是的～～連隼人都這樣～～！」

開懷大笑的姬子雙手不停比劃，想要爆料春希平常的樣子，就被春希急忙摀住嘴巴。

隼人雖然愣了一下，但為了掩飾心中的慌亂，也跟著數落春希。淚眼汪汪的春希便將他的臉頰用力一扯。

一陣鴉雀無聲後，現場又爆出哄堂大笑。

「搞什麼～～結果只有外表變得不一樣嘛！」

「這種地方也跟以前一模一樣！嗯嗯，那我就放心了！」

「呃，那個，應該說隼人和小姬比較特別——」

「嗯嗯，既然本性已經暴露，也沒必要偽裝了啦。」

「——是啊，就可以做自己——呃，小姬～～！」

「啊哈哈，原來如此。偽裝技術那麼高超，應該是遺傳自真央吧。」

「「——唔。」」

某個人說了一句無心之言。

春希的表情頓時僵住，肩膀也猛地一震。

「對啊，那部連續劇我也有看，我老婆迷到不行啊～～是不是叫《十年孤寂》？」

「《那由多之刻》這部電影也上映了。哎呀，她還是那麼年輕，好羨慕啊！」

「真想問問她保養肌膚的小訣竅！」

「沒想到那個寡言又冷漠的女人可以這麼活躍，真是讓人料想不到啊！」

「拜託阿春的話，是不是就能拿到簽名啊？」

話題轉移到春希的母親——田倉真央身上。

他們完全沒料到這一點。

腦袋忽然一片空白。

可能是因為先前太害怕會談到春希的祖父母，如今讓他們更加不知所措。

兩人緊握拳頭，茫然地看著眼前的狀況，彷彿在隔岸觀火。

眾人談論田倉真央的表情和言語中，絲毫沒有嘲諷或辱罵這種負面感情。只是單純充滿好奇，反而更像是對本地出身的名人極力稱讚，算是不幸中的大幸了吧。

「…………」

這也難怪，畢竟二階堂家一直都跟月野瀨沒什麼交集。

所以村民們不清楚春希和田倉真央現在是什麼關係，只知道她們是母女，就這樣而已。太大意了。

隼人咬緊牙關，將視線移向一旁，馬上就看見彷彿失了魂的春希。當春希發現他的眼神，露出一抹逞強的笑容後，隼人的腦袋瞬間沸騰。

指甲深深嵌入緊握的拳頭，壓出了瘀血。

當隼人受到心中湧現而出的使命感驅使，想開口說些什麼時——

「卡、卡拉ＯＫ！那個，要、要不要來唱、卡拉ＯＫ……！」

「——唔！」

一道用盡全力喊出來的洪亮嗓音，中斷了現場的喧鬧氣氛。

所有人都將目光投向聲音的主人——沙紀。從她平常的表現，根本無法想像她會發出這種聲音。

「那個、呃，大家聚會的時候，都會唱幾首吧……？」

沙紀雖然有些慌張，還是用尖細的嗓音激動地說道。

聽到以往不太會表達意見的沙紀這麼說，大家都睜大眼睛，疑惑地歪著頭。在眾人的注目下，沙紀的尾音和身體都越縮越小。當隼人和她偷偷拋來的視線對上時，沙紀便緊緊抿著嘴，在胸口握起小小的拳頭。

當她下定決心要再度開口時，換姬子用開朗的嗓音說道：

「啊，要，我想唱歌！咦？不過這裡只有老歌吧？」

「那、那個，最近我們在網路上買了一些ＬＤ……」

「哇啊！妳知道裡面收錄了哪些歌嗎！」

「嗯，阿姬，那些ＬＤ放在儲藏室，走進去右手邊的箱子裡。」

「儲藏室是吧！」

「小、小姬！那、那我先去準備～」

眾人的困惑只維持了幾秒，姬子興沖沖地跑向儲藏室後，會館內立刻變成了卡拉ＯＫ大會。

「喂，兼八，去幫那些小丫頭！」

「好啊，就讓你們見識一下我的美聲吧。」

「閉嘴啦，你這破鑼嗓子！」

「你這個菸酒嗓沒資格笑我！」

「等一下，可別忘了我們耶！」

「最近都發不出太高的音階了。」

活動會館的卡拉ＯＫ，是月野瀨為數不多的娛樂之一。

可能是因為已經酒酣耳熱，一旦決定要唱歌，大家就把沙紀剛才的異樣拋到腦後了，紛紛聊起：「待會兒要唱什麼？」「想聽我唱歌嗎？」「之前那件事怎麼樣了？」等話題，轉換的過程不到幾秒鐘。

「……被沙紀幫了一把呢。」

「……是啊。」

沙紀顯然是看到了春希的表情才會做出那種事。

他們當然沒有對沙紀詳細說過春希的隱情，也不打算告訴她。

至於當事人沙紀，可能因為她是提議者，所以手上被塞了麥克風。

她用求救的眼神看向姬子，姬子卻說：「啊，有之前聊過的那部重播連續劇的主題曲耶！」便趁亂跟著拿起麥克風，徹底斷了沙紀的退路。姬子本人是想替沙紀打圓場，沙紀卻快要哭出來了。

周遭也跟著起鬨大喊：「讚喔～～！」「阿姬跟阿紀第一次唱歌耶！」「等好久啦！」

不久後，帶點復古感的熟悉歌曲前奏響起。

這是以前某部由女偶像主演的人氣電視劇主題曲，已經不知重播多少次了。

這首歌非常有名，連沒看過這部劇的隼人都有聽過，以往在這種聚會上也時常聽見，可說是最適合這個場合的選曲。

眾人也紛紛用手打拍子，齊聲歡呼。

『『我對你一見鍾情～～♪』』

會館內響起兩人的歌聲。

姬子雖然去過幾次KTV，算是有幾分歌藝，但嗓音還是略顯生硬，要跟上歌詞都得費盡全力。

一旁的沙紀則唱得五音不全，應該是第一次在這種場合唱歌吧。她的臉因為羞澀而漲得通紅，肩膀也瑟縮起來，只小聲地吟出歌詞。

儘管如此，周遭的氣氛依然歡騰。

現場的長輩們看著姬子和沙紀的心情，應該就像在欣賞孫女的發表會吧，眾人臉上都掛著微笑，連隼人都用溫暖的笑容看著兩人努力唱歌的模樣。

尤其是沙紀，跟每年祭典表演神樂舞時的神聖舞姿完全相反，感覺更是可愛。

「……欸，隼人，沙紀真的是個好女孩呢。」

「是啊，沒錯。」

「而且又這麼可愛。」

「或許吧。」

「所以啊，看到沙紀這麼拚命的模樣，我也好想——」

「……春希？」

春希依舊盯著沙紀，並用隼人從未見過的表情如此低語。

她的表情充滿慈愛，卻又藏著一絲落寞，彷彿下一秒就要消逝般，複雜得難以言喻。不知怎地，擾亂隼人的心。

隼人下意識地伸出手，想確認並捕捉春希的存在，卻只落得一場空。

春希站起身，從隼人坐著的位置看不見她的表情。

「隼人，我要上台了。」

說完，春希轉頭留下一個讓人著迷的笑容，颯爽地走向舞台。

隼人不禁屏息。

這是意識(算計)到外在的眼光，屬於「二階堂春希」的完美笑容(偽裝)。

當歌曲第一段結束，進入間奏時。

欣賞沙紀和姬子(月野瀨的偶像)表演的月野瀨村民們，情緒比先前更高漲了。

眾人鼓掌歡呼時，沙紀滿臉通紅地縮起身子，姬子則尷尬地皺起眉頭，一手拿著麥克風一手放在喉嚨上。

這時，春希介入兩人之間。

「可以換我唱嗎？」

沙紀被突如其來的狀況嚇了一跳，春希則面帶微笑地伸出手。

見狀，沙紀不停在自己的手、春希的手和臉之間來回看了好幾次，隨後小心翼翼地將麥克風遞給她。春希對她眨了眨單眼，彷彿在說「包在我身上」。

看著兩人的互動，姬子驚訝地眨眨眼睛，接著露出拿她沒轍的傻眼表情嘆了口氣，拉著沙紀離開，將舞台讓給春希。

眾人的目光從沙紀和姬子轉移到春希身上，並鼓掌喝采。所有人都在期盼過去那個頑皮鬼接下來會有何表現，全場氣氛來到最高峰。

『——琥珀色的夢～～♪』

「「「「————！」」」」

春希引吭高歌的那一瞬間，世界完全變了個樣。

彷彿此刻的認知被徹底顛覆、推翻，通往其他世界的大門忽然敞開了，月野瀨的活動會館漸漸轉變為另一個世界。

在眼前高歌的這個人，似春希又不似春希。眾人眼中的她，是對不能愛上的對象一見鍾情，只能將琥珀般璀璨的戀慕鎖在心底——深陷悲戀而無法自拔的一名少女。

春希的歌聲、在空中比劃的手、帶著躊躇的每一個腳步以及飄揚的長髮，都奏出了藏在歌詞裡的那段悲傷哀戚的戀情。

所有人都看得目不轉睛，驚訝地張大嘴巴。別說是鼓掌了，人們甚至忘了呼吸，對春希的表演看得入神、深深著迷。此刻的春希看起來閃閃發光。

連姬子和隼人都藏不住驚訝之情，沙紀眼中也散發著光芒，手在胸前握拳。

他們知道春希歌藝超群，舞技也很厲害，但這已經不是單純的「厲害」兩字可以形容，根本是不同次元的等級了。

這是春希使出渾身解數「演繹」的「某個人」的故事。

至少不是在月野瀨這種鄉下地方的活動會館可以欣賞到的「演出」。

她到底是預設誰會看到這樣的「劇情」呢？

『——碧綠色的信箋，深埋在心間……♪』

演唱至此告一段落。

會館內一片鴉雀無聲。

所有人都拜倒在春希的魅力之下。

醉意早已被吹到九霄雲外。

但沒有人知道該做何反應。

大家忽然覺得，眼前的「春希」彷彿是遠在天邊的存在。

她的存在感就是如此強烈，隼人的拳頭握得死緊，幾乎要發疼。

春希本人似乎對眾人的反應有些意外，只是不停喊著：「咦？奇怪？」充滿了困惑。

看到她的反應，隼人才覺得終於看到平常的「春希」了。為了將湧上心頭的焦躁不安一掃而去，他送上了格外響亮的掌聲。

大家似乎被他鼓掌的聲音拉回現實，掌聲如海浪般席捲全場，吞噬了原先的寂靜，世界這才恢復原狀。

「哎呀，阿春，妳的表演太讚啦！」

「討厭，我都嚇得把玉米弄掉了！」

「我的衣服也滴到肉的醬汁跟啤酒了……要被老媽罵了啦！」

「哇哈哈，你們在幹嘛啦！不過真的很精采耶！」

「呀哈哈，這是我幾十年來最驚訝的一次！」

在月野瀨村民的注視下，春希有些害羞，但和隼人四目相交時，又用平常那種淘氣的笑容微微一笑。

隼人頓時怦然心動，但過去經驗訓練出來的本能，讓他嚇得背上冷汗直流。

不過，這才是隼人認識的春希，讓他鬆了口氣。

「好，再來換隼人了！」

「喔，阿隼！就等你表現了！」

「好啊，接下來要帶來什麼精采演出呢！」

「我也好想聽聽隼人的歌聲喔！」

「不，等一下，我……！」

春希強拉著隼人的手，把他拖到舞台上。

隼人知道自己五音不全，被周遭的視線嚇得頻頻退縮。他用充滿怨恨的眼神瞪了春希一眼，春希卻只回了個爽朗愉悅的笑容。

隼人深深嘆了一口氣，抓抓頭髮並接過麥克風。

「……真是的，我不管了。」

隨後，活動會館傳出隼人毫無起伏的走音歌聲，和方才截然不同的爆笑聲響徹了月野瀨的夜空。

此刻已是夜深人靜的時分。

在春希等人的協助下，總算洗完所有碗盤的隼人來到大房間一看，發現有好幾個人已經醉倒，正躺在榻榻米上呼呼大睡。

現在是夏天，應該不會感冒吧。這場面也已經見怪不怪了。

隼人一行人深深嘆了口氣，並帶著苦笑離開活動會館。

「再見，春希，還有村尾。謝謝妳們來幫忙。」

「晚安～～沙紀、小春。」

「嗯，拜拜，隼人、小姬。」

「小姬晚安……哥、哥哥也是。」

由於回去的方向不同，眾人在會館就各自道別。

隼人與姬子緩緩推著腳踏車，踏上歸途。

比都市明亮許多的月亮和星空，照映著月野瀨的鄉間田埂路。

這裡沒有車輛行駛聲，以水池傳來的牛蛙重低音「嘓嘓」聲為底，加上草叢間的鈴蟲和山裡的日本鷹鴞鳴叫聲，謳歌出鄉間的夏夜即景。

久違的聲響勾起了兩人濃濃的懷舊之情，也帶著一股新鮮感。

「啊，糟糕，明天早上沒東西吃耶，連麵包也沒有。」

「什麼～～那就不吃早飯了嗎？」

「沒辦法，用之前在車站買的點心代替吧。」

「在那邊臨時沒早餐吃的話，還可以繞去便利商店買完再回家耶。」

「這裡的便利商店得繞過一大座山，開車也要三十分鐘。」

「一點都不便利，討厭！」

「而且那邊也有一大早就營業的麵包店。」

碎碎唸的同時，兩人也開心地笑了起來。

雖然很不方便，但這樣的月野瀨其實也不錯。

不同於都市，沒有一絲熱氣的清爽涼風陣陣吹拂，推動了天上的雲朵。

「嗯嗯～～今天聚會玩得好開心喔！沙紀跟小春也在！」

「……我倒是挺狼狽的。」

「啊哈哈，不過你的歌聲也把全場氣氛炒得很high，沒關係啦。」

「我的歌聲完全被當成笑柄了吧！」

「你需要練習啦，練習。」

「或許吧。」

「……對了，小春剛才的表現很精采耶。」

「是啊……嗯，姬子？」

姬子忽然停下腳步。

她的嗓音顯得有些生硬。

反應明顯與以往截然不同，但天色太暗，隼人看不清她的表情。

「——剛才，有人提到田倉真央吧？」

「唔！」

「……哥，你果然知道這件事。」

「呃，那個……」

隼人頓時啞口無言。

他沒有刻意對姬子隱瞞，但這是春希心中最敏感的一部分，就算她是妹妹，和自己一樣都是春希的兒時玩伴，也不是可以隨意提起的話題。

但這是隼人的考量。站在姬子的立場，自然會覺得只有她被排除在外，因此隼人拚命思考該如何解釋。

然而湧上心頭的每一句話，聽起來都只像藉口。

「一定是因為對方是哥，小春才會放心地告訴你這件事。」

「姬、子……？」

但姬子接下來的嗓音卻充滿暖意，帶著一絲慈愛之情。

隼人的心臟猛地一跳。

在鄉間的星空下勾起溫柔笑靨的姬子，看起來穩重又成熟，隼人從來沒見過這樣的她。妹妹的轉變讓隼人有些困惑，更不知道該說些什麼了。

被姬子那雙彷彿看透一切的眼睛注視著，隼人下意識別開目光。

看來在都市生活的薰陶下，親妹妹也改變了不少。

不顧隼人心中的動搖，姬子緩緩地重新邁開步伐，隼人也急忙追趕在後。

默默地走了一會，姬子忽然用告誡般的口吻低語道：

「童年時期的小春，很像男孩子吧。」

「是啊。」

「她天天跟哥玩在一起，衣服老是髒兮兮的，全身上下都是擦傷。」

「畢竟我們到處玩嘛。」

「不過，這一定都是哥的一廂情願吧。小春她一定，嗯……現在回想起來，她可能從那個時候就一直都是個小女孩了。」

「…………………咦？」

這次換隼人停下腳步。他完全沒聽懂姬子想說什麼。

可是，姬子卻露出認清了某種現實的表情。

「所以啊，哥，你一定要成為小春可靠的後盾喔。」

說完，姬子回過頭微微一笑。雖然是妹妹，姬子那抹笑容卻美得讓人看得入迷，隼人不禁杵在原地。

他獨自被留在月野瀨夜間的田埂路上。

「……不用妳說，我也知道啦。」

隼人仰望天空吐露而出的這句話，逐漸融入昏暗的夜空之中，下一秒又被山上吹落而下的風掃得無影無蹤。

◇◇◇

跟隼人和姬子分別後，沙紀與春希「喀啦喀啦」地推著腳踏車，前往沙紀家所在的神社。雖然離山腳下的活動會館很近，坡道卻相當陡峭。

「……」

「……」

兩人沒有任何交流，更貼切的說法是「不知該說什麼才好」。

取而代之的是昆蟲與小動物的鳴叫聲，奏出了鄉間的夏夜之歌。

沙紀覺得有些尷尬並時不時偷瞄春希，心思也飄回春希剛才在宴會上的表現。

活潑可愛的春希不費吹灰之力就融入了眾人，彷彿長年居住在月野瀨。

負責端送飲品、食物，協助隼人的俐落本領。

還有讓眾人為之傾倒的演唱功力。

澄澈的嗓音、奪人心魄的舉止、哀痛悽楚的眼神。

文雅高尚、優美不俗、令人目眩神迷，舉手投足都像這片夜空的星辰般耀眼奪目，是個存在感猶如天上皎潔明月般的女孩子。

沙紀無可避免地拿她與自己相比，發出一言難盡的嘆息。

「那個，沙紀，現在方便嗎？」

「唔咦？」

「我想去一個地方看看，陪我一起去吧。」

「咦？啊，好的。」

春希忽然向她搭話。

方才那些思緒還盤踞在腦海中，所以沙紀回話時有點破音。

當她回過神來，鳥居就在眼前，再走幾步就到沙紀家了。

雖然反射性地給出了答覆，沙紀卻還是一頭霧水。

沙紀疑惑地微微歪頭，春希便帶著苦笑向她招招手。

「馬上就到了。」

「這裡是……」

春希將腳踏車留在原地，走進微微偏離參道、雜草叢生的岔路中。

這條路是通往平常鮮少人會去參拜的偏殿。

其實沙紀也幾乎不會特別到這裡來，所以越來越搞不清楚狀況。

月亮和星星的光芒根本照不進這條強行砍伐山林闢成的小路，走起來寸步難行，但走在前方的春希卻用熟門熟路的步伐不斷往前走，沙紀只能不明所以地拚命追在後頭。

發現沙紀陷入苦戰後，春希發出「啊哈哈」的苦笑，伸出手的同時低聲說了一句：

「沙紀，妳真了不起。」

「唔咦？」

聽到春希拋來出乎意料的這句話，沙紀驚叫出聲。

了不起？哪裡了不起了？剛剛才搬出精采演出的這個人在說什麼啊？

沙紀的腦中雖然塞滿了問號，還是帶著遲疑，小心翼翼地握住春希的手。她那柔嫩的手帶著一絲輕柔暖意。

「好冰啊，手腳冰冷的人……」

「咦？」

「嗯，沒什麼，話說，沙紀，妳就是一直支持著『隼人』的那個人吧？」

「唔！那、那個，呃……！」

「我聽大家說了。妳當時到處打聽，想找到年紀還小的孩子能幫上忙的工作吧？」

「這……」

「不僅如此，妳今天也帶了庫存的啤酒過來、將杯盤備妥、默默地將弄髒的桌面擦乾淨……還幫我化解危機。」

「我、我哪有妳說的這麼好……」

「呵呵，沙紀，妳就是這一點——喔，到了。」

「…………哇啊！」

穿過昏暗的林蔭小徑後，月亮和星星的光芒頓時灑落而下。

被夏日夜空的聚光燈打亮的，是圍繞在古老神殿旁，以謙恭之姿盛放的向日葵。與太陽光相比，亮度雖然略顯虛幻，但在星星月亮的光輝之下，依舊綻放出奇幻又閃耀的光采。

這是非常，沒錯，非常美麗的光景。

而且正因為夜色已深，才能欣賞到這一幕。

沙紀不知道自家神社竟有如此美景之地，忍不住發出讚嘆，看得入迷。

「很棒吧？」

「是啊，太漂亮了！」

「這裡是我的祕藏景點，甚至沒帶隼人來看過喔。」

「哥哥也沒有？咦……啊……」

「……啊哈哈。」

春希的表情蒙上一層淡淡的陰影，發出有氣無力的笑聲。

會發現這個連隼人都不知道的夜晚祕境……就是那個意思吧。

對過去的「春希」來說，這裡一定是非常特別的地方。

「……為什麼帶我來這裡？」

「因為是沙紀啊。」

「因為我嗎？」

「之所以會有現在的『隼人』，他之所以能不那麼寂寞，一定是沙紀的功勞……所以我才想帶妳來看。」

「唔！」

春希用真摯的眼神看向沙紀。

那雙眼眸似乎能將她的內心深處看得一清二楚。

沙紀不禁屏息。

啊啊，恐怕……

她早已看出沙紀懷有的心意了吧。

可是，這種感覺好不可思議。

沙紀羞得無地自容，真的很想立刻逃離現場。

儘管如此，她的視線卻離不開春希。

她緊緊握住拳頭。

隨後，春希臉上浮現一抹笑意。

「不過，隼人好像還沒發現啦……對了，是在這裡嗎？」

「啊……」

春希帶著有些困窘的笑轉過身，在神殿後方的地板下找了起來。

她從地板下拿出腐朽的木劍、沒氣的皮球、光滑扁平的石頭這些一文不值的廢物——小孩的玩具和寶物。春希將這些東西放在眼前，輕聲低語道：

「這裡曾是我們的祕密基地。好懷念喔，當時我們超愛這些東西，埋頭拚命收集呢。」

「啊、啊哈哈，小孩子應該很喜歡這些東西吧。」

「但我不知道現在的隼人會對哪些東西愛不釋手或興奮雀躍。沙紀，妳知道嗎？」

「唔咦？呃，那個……啊唔唔……」

春希站起身回頭一看，只見沙紀落在裙襬處的手忸忸怩怩地纏在一起，臉頰泛出羞澀的紅暈。

「8月25日。」

「呃，那是……」

「隼人的生日。之前傳訊息跟妳說我要來月野瀨的時候，我不是說有事要跟妳商量嗎？那個，我想問妳要不要，一起準備隼人的生日禮物……」

「…………啊。」

「不行、嗎……？」

一起準備。

在知道沙紀暗戀隼人的前提下，跟她一起準備。

這幾個字飽含了春希複雜的思緒，也代表春希對沙紀的「認同」。沙紀體會到了她的用心。

所以沙紀瞪大雙眼，眼中充滿閃爍的光芒，順著衝動抓住春希的手。

「好，給哥哥一個大驚喜吧！」

「嗯，請多指教，沙紀。」

並將湧上心頭的想法如實表達。

兩名少女牽著彼此的手，開心地笑了。

在星月的柔和光芒下，向日葵也跟著隨風搖曳。

中場休息

當世界拓展之時

在月野瀨神社境內，建了一幢與古老神殿截然不同的現代風大型民宅，此處就是掌管祭祀的村尾本家。

在祭典將近的某個夜晚，四周早已夜幕低垂的晚上八點多。

今年七歲的村尾心太被爸爸帶到了伯父家，也就是村尾本家。他們似乎要商討祭典的相關細節。

心太的父親平常是村議會的議員，但也兼任神職，有事就會像這樣拜訪村尾本家。

在心太年幼的內心，認為自己將來也會像這樣從事與神社有關的職業。

儘管如此，心太還是聽不懂大人們在說什麼。

對小學一年級的男孩來說，這種聚會非常無聊。

其實他很想離席，但心太今年也要參與祭典，所以沒得躲。為了度過這段無聊的時光，

他只能緊緊抱著從家裡帶來的夥伴（圖鑑）。

在沒有同齡孩子的月野瀨，心太的朋友就只有書。

書教會了心太很多事情。

在遠古時期，只憑人力將巨大岩石堆疊而成的金字塔。

出現在極北之國夜空中的幻想光簾，極光。

連光線都無法穿越，比宇宙更難造訪的海底世界，以及棲息在此的生物。

書本所呈現的世界，每每都讓心太心跳加速，興奮不已。

父親說了聲「晚安」後，沒等對方回應就逕自打開拉門。在可以被稱作「土間」的寬敞玄關處擺滿了鞋，看來已經有很多親戚聚集在此了。

村尾本家的這間和室大會客室經常像這樣用來辦集會，父子倆走進房間後，眾人就紛紛開口歡迎。

「你來啦，心太！」

「今年心太是主角呢。」

「得確認服裝合不合身才行。」

「你就是心太嗎？晚安，初次見面。」

「唔！」

心太嚇得倒抽一口氣。

他幾乎認得月野瀨的所有村民，卻從未見過如此美麗的女孩。

村尾家的人大多都是顏色淺淡的亞麻色頭髮，女孩如夜空般烏黑亮麗的長髮格外醒目。

當那張如人偶般端正的臉孔對上他的視線，微微一笑時，心太不由得驚慌失措，忍不住躲到父親身後。

他完全搞不清楚狀況。

今天眾人聚在一起，本該是要討論祭典的相關事項，卻變得像她的歡迎會。心太打開圖鑑，假裝興趣缺缺，同時也豎起耳朵偷聽。

「這次臨時要來借住幾天，麻煩各位多多關照。」

「沒事沒事，妳好像跟我家孫女處得不錯嘛……呵呵，原來如此，難怪沙紀最近的舞姿變得這麼出色，我總算找到原因了。」

「奶、奶奶～！」

看來她是堂姊（沙紀）的朋友，以前住在月野瀨。

當祖母向她低頭道歉說「真對不起，過去沒能幫上忙」時，她也一臉為難。

心太不太清楚詳細的狀況。

只知道這女孩禮儀端正，人見人愛，成熟穩重，大人們都對她寵愛有加，有點像偶像。

「啊，這是伴手禮。是我打工餐廳的甜點，請務必嚐嚐！」

接著，她將點心禮盒拿到桌上並打開。

心太驚訝地瞪大雙眼。

宛如夏季盛開的花朵般，色彩繽紛的練切菓子。

如寶石光彩奪目的琥珀糖。

將煙火鎖在半圓形寒天凍中的錦玉羹。

每一個和菓子都精美無比，完全無法想像這些是食物。

當大人們將心太的份拿到他眼前時，心太也沒有伸手去接，只是看得出神。

「心太，你不吃嗎？不喜歡這種點心？」

「唔！」

自己到底看了多久呢？

女孩一臉不解地拋來詢問。

因為女孩突然來到身旁，那張姣好的面容湊過來，心太下意識用圖鑑遮住自己紅通通的臉。

這時，圖鑑的另一頭傳來「啊！」一聲驚呼。

感到疑惑的心太戰戰兢兢地抬起頭，發現女孩眼中散發出閃亮的光芒。

當女孩露出與剛才的穩重完全不同的天真表情時，心太也嚇了一跳，不知該如何是好。

「高砂！這本書的封面照片是高砂深山鍬形蟲吧！哇啊，心太也喜歡高砂嗎！」

「咦……啊，嗯……」

「高砂真的很酷耶！體型輪廓很不自然，大顎的形狀還像這樣又凹又突的！以前我常常抓到！心太，你有抓過嗎？」

「……沒有。」

「什麼～～太可惜了！像這樣趁天黑的時候放陷阱……對了，不如現在就去抓吧！欸欸，沙紀，妳有沒有穿舊的絲襪？」

「春、春希姊姊！」

心太還沒釐清現況，女孩就把堂姊（沙紀）也牽扯進來，繼續說個不停。

「說到陷阱啊，把加工過的寶特瓶沉進河水裡，就可以抓到這～～麼多魚喔！」

女孩開心地這麼說，心太的目光完全離不開她。

她說的明明都是心太在書上看過的知識，但不知為何，心太的胸口躁動起來。

心太體會到不可思議的激昂感，彷彿視野正在急速拓展。

這是他從未體驗過的心情。

「我們走吧，心太！」

「嗯！」

於是心太毫不猶豫地抓住她伸過來的手。

這一天，在周遭大人溫暖的目光中，心太衝出門外，開始拓展他的小小世界。

第2話 一如既往，笑逐顏開

夜幕依舊低垂的清晨時分。

在春希的催促下，隼人用依舊惺忪的睡眼，望向窗外仍星辰閃耀的東方天空。

過了一會，世界逐漸轉白，接著一口氣燒成一片赤色，彷彿要將一切焚燒至焦黑。

這片鮮明強烈的朝霞，只有壯麗兩字可以形容。

甚至讓人忘了呼吸，睏意也瞬間消退。

隼人卻只是半瞇著眼嘆了口氣，反應跟感慨萬千地瞇著眼的春希完全不同。

「好壯觀啊，隼人。我好像終於明白『夏日拂曉』會被當作季語使用的意義了。」

「是啊，確實很壯觀。但妳為什麼要特地這麼早把我叫醒，就為了看這片日出？能不能站在我的立場想一想啊？」

春希笑嘻嘻地打開窗戶，隼人則痛苦地按著太陽穴。

從夜晚轉變為早晨的這一瞬間，以及只有這個季節才能看見的夏日破曉，的確是一幅美景，連隼人都是第一次看見。

可是看看時鐘，還不到凌晨五點，這個時間點顯然不太對勁。

房內依舊昏暗，眼前的人卻是春希。

今天的春希穿著上衣和短褲，跟以往的穿著沒什麼兩樣，但大幅成長後的身材曲線明顯跟孩提時期不一樣，讓隼人有點坐立難安。

昨晚姬子說的話再度掠過腦海。

這些思緒讓隼人心裡五味雜陳，但一想到春希是因為他才會放下心防，喜悅之情又忍不住湧上心頭，所以隼人帶著半是自嘲半是抗議的心情，刻意張大嘴巴打了個哈欠，再搔搔睡翹的一頭亂髮。

「春希，妳不覺得這是在給我添麻煩嗎？」

「咦？你不是說我隨時都可以給你添麻煩嗎？」

「那是……真受不了妳。」

「對、對不起……我們這麼早就不請自來……給、給你添麻煩了吧……」

「村、村尾！」

聽到這意想不到的聲音，隼人就這麼張著嘴巴僵住，一臉蠢樣。

循著聲音來源看去，沙紀一臉歉疚地站在房間門口。

或許是朝霞的影響，沙紀的臉被染成一片通紅，緊張地忸怩著身子。見狀，隼人心臟嚇得漏跳一拍，忍不住慌了起來。

「那個、這個、呃，姬子應該還在睡吧。唔～～對不起，我還頂著剛睡醒的鳥窩頭！」

「不，該說是很稀奇嗎？都怪我們一大清早就登門拜訪！」

「欸，隼人，你這反應跟在我面前完全不一樣耶！」

「因為春希妳有前科啊！」

「什麼前科！」

「啊、啊哈哈……」

隼人回應春希的語氣變得有些激動，一方面也是為了掩飾害羞。

在隼人心中，沙紀是有別於春希的特殊存在。

月野瀨為數不多的同齡孩子。

妹妹的好朋友。

也是每年都會在祭典上表演神樂舞的女孩。

第一次看到神樂舞的那股震撼，他至今仍印象深刻。

在星月及篝火中搖曳，描繪出夢幻又神祕的遠古傳說。

隼人第一次見到的舞台，是堪稱舞台劇等級的表演。

他為舞台的魄力深深懾服，沙紀當時的舞姿如今還鮮明地烙印在腦海深處。

況且演繹出這般奇景的人又是平常怯懦乖巧的沙紀，更讓人震撼。

「小春姊，趕快走吧？」

「唔！心、心太……？」

這時，有個小男孩從沙紀身後探出頭來，小跑步來到春希身邊扯著她的衣角。是個和沙紀同樣，有著亞麻色頭髮的瘦弱少年。

村尾心太，跟沙紀相差七歲的堂弟。

他的個性跟堂姊一樣乖巧，在學校裡是會安安靜靜看書的那種人，隼人也很少看到他在外面玩耍。

所以心太的來訪，比沙紀來訪更讓隼人吃驚。

而且對這麼小的孩子來說，在這個時間點應該很難起床吧。

隼人將視線移回春希身上，心想她應該知道些什麼，結果她回了個得意洋洋的表情。

「哼哼，其實我們昨天晚上就把抓蟲的陷阱設置好了！」

「我跟小春姊一起做的！」

「你們什麼時候去的？而且心太居然這麼感興趣……」

「因為我跟他聊了高砂的話題啊！」

「我還努力早起了喔！」

「啊、啊哈哈……」

心太揉了揉依舊犯睏的雙眼，卻還是興奮地拉著春希的衣襬不停催促。

隼人將目光轉向沙紀，只見她滿懷歉疚地露出苦笑。看樣子她是陪心太過來的。

隼人跟心太的年紀相差太多，沒什麼交流，所以不知該怎麼和他相處。但看著眼前的他和春希興奮鼓譟的模樣，隼人不禁回想起童年時代。

不如今天就讓自己重返童心一天吧。

「等我一下，我馬上換好衣服。」

「ＯＫ～～啊，小姬怎麼辦？」

「……這個時間她當然起不來，還會鬧起床氣。」

「啊哈哈，說得也是～～」

眾人相視而笑。

在那之後，隼人迅速換完衣服，跟春希一行人離開家門。

月野瀨清晨的空氣帶著一絲冰涼寒意，跟都市不一樣。

東方的天空依然火紅一片，延伸至西方，描繪出玫瑰金色至靛藍色的漸層色彩，天上還有寥寥幾顆閃耀的星點。山巒間已經有幾隻性急的蟬在向他們道早安了。

走上田埂路後，朝陽灑落而下。一行人眺望著田地從夜到日的景色轉換，繼續往山的方向走去。

走在前方的春希和心太腳步十分雀躍，拿著老舊捕蟲箱的隼人和沙紀隔著一段距離，追在後頭。

「說到鄉下的夏天，還是要抓蟲才行，而且在都市真的一個影子都看不到！真希望那些陷阱可以捕到高砂，還有獨角仙！」

「以前還小的時候，獨角仙跟鍬形蟲就已經滿少見了，我記得當時一直在抓蟬。」

「我第一次抓昆蟲……！」

眾人遙想著捕蟲的陷阱，聊得相當起勁。

這麼說來，自春希搬家以來，這可能是隼人第一次去捕蟲。

由於睽違多年，隼人的心情也跟著激動起來。

「……啊！」

「呃！妳沒事吧，村尾？」

「唔！咦，是、那個，我沒事……」

這時，沙紀忽然絆到腳，差點摔跤。

隼人立刻伸手攙扶，看起來卻像將沙紀擁進臂彎裡。

隼人疑惑地看向沙紀的臉，可能是因為沒睡飽吧，只見那雙微微下垂的眼中滿是昏沉的睏意，於是隼人苦笑著說「因為太早起了吧」。

結果沙紀的臉立刻羞紅一片，連忙遠離隼人。

「啊～～隼人，不准欺負沙紀喔。」

「呃，那個，不是這樣的……」

「我、我哪有欺負她！啊～～真是的，我先過去啦！」

被全程目睹的春希這麼一捉弄，隼人便加快腳步，似乎覺得無地自容。

心太來回看了看春希和隼人的臉，但他似乎還是對捕蟲更感興趣，沒一會就急忙追在隼人後頭。

春希和沙紀看了彼此一眼，忍不住輕笑出聲。

隼人一行人的目的地是某座山中的雜木林，離沙紀家的神社有段距離。入口處栽種了麻櫟、山毛櫸和枹櫟等樹種，是小時候玩耍的地點之一。雖然如今開闢了一條鮮少使用的林業道路，但未經鋪設的道路路況實在不佳，讓人寸步難行。

小小年紀的心太走起來相當費勁。

「心太，要不要牽姊姊的手？」

「嗯，不用！我可以自己走！」

沙紀看著有些不忍，便伸手詢問，但心太拒絕了，好像覺得有點丟臉。不僅如此，他還加快腳步往前衝，非常好奇是否有昆蟲落網。

沙紀百般無奈地嘆了一口氣，一旁的春希也發出「啊哈哈」的笑聲。

因為陷阱是晚上摸黑設置的，不可能走到太深的地方。走進雜木林沒多久，就看見吊掛在樹上的棕色陷阱了。

「啊～～……」

「…………啊。」

「也會有這種情形啦……」

「是、是啊……」

眾人異口同聲地發出遺憾的嘆息。

他們將切片的香蕉浸泡過燒酒和可樂，再放進絲襪中做成捕蟲陷阱。可惜的是沒有抓到想要的高砂深山鍬形蟲和獨角仙，反倒招來了一堆螞蟻和金龜子。看來對其他昆蟲來說，這也算是個美味的圈套。

小時候他們就經常嘗到這股失敗的滋味。隼人無可奈何地抓抓頭。

「……怎麼辦？」

「要是現在打退堂鼓就輸了……！」

「我能理解妳的心情啦。」

「沒有高砂嗎？」

「不，我要繼續找！沒記錯的話，再往裡面走一段路，應該會有幾棵狀況不錯的大麻櫟樹！」

「喔～～！」

「喂，等一下，春希，那到底是幾年前的記憶啊！」

在奇怪的地方燃起對抗意識的春希跑出林業道路，撥開草叢，走進雜木林。心太緊追在後，隼人和沙紀也連忙跟在後頭。

雜木林中有各式各樣的植物茂密生長，身體各處都會撞上枝葉，行走相當不易。春希硬是要闖進這種地方，所以裸露在外的手腳都出現了細小的傷痕。她一定是想像過去一樣吧。

但現在的春希跟隼人以為她是男生的時候不一樣，是個可愛的女孩子，要是留下疤痕該怎麼辦——思及此，隼人不禁皺起眉頭。

「喂，春希，要不要先回去啊？也該做些準備再去啊。」

「嗯～～說得也是……啊，那個！是那個耶，快看那個！」

「那是……」

正當隼人提出這個建議時。

春希指著的是一棵有窟窿的大樹，隼人依稀有印象。

那是一棵參天巨木，窟窿的位置也比眾人的視線高度還要高，大概有二樓的窗台那麼高吧？

「我去確認一下那個窟窿！」

「喂，等一下……妳是猴子喔。」

「隼人～～！我聽見了喔～～！」

春希丟下這句話，就不顧隼人的制止衝上前。她爬樹的技術還是那麼熟練，絲毫感受不到空窗期。只見她飛快地往樹上爬，跟小時候截然不同的長髮像尾巴一樣晃啊晃。

印象中，春希以前經常攀爬到這麼高的地方，儘管腦袋知道沒問題，但隼人還是忍不住擔心。

而且如果是小時候，隼人應該會不假思索地和春希一起爬上去。

不久後，爬到窟窿處的春希「啊！」地叫了一聲。

「有、有了，真的有高砂！」

看來窟窿裡有她要找的東西，從背影也能看出她有多興奮。

接下來該怎麼辦呢……就在隼人思考的同時，有個小小的影子也跳上樹木。

「我想看高砂！」

「「心太！」」

隼人和沙紀不約而同地驚呼出聲。

心太的行為十分大膽，從他平常的表現根本無法想像。

心太模仿春希的動作，用比想像中還輕盈的身手逐漸往上爬。

他應該是第一次爬樹吧。

手腳移動的方式相當笨拙，這下隼人變成擔心他的安全了。

「心太，這樣很危險！爬、爬樹的時候，一定要讓手腳緊攀住三個點喔！」

聽到兩人的尖叫聲，春希也發現了心太，嚇得急忙提醒爬樹的訣竅。

他們只能在一旁看著。

但看到心太笑得一臉燦爛，又沒辦法狠下心來阻止他。

「我都不知道……那孩子，居然這麼……」

「我也……很意外……」

有種莫名的似曾相識感。

隼人彷彿在他身上看到了過去的自己（隼人）。

（這麼說來……）

他想起當時春希搬家後，自己就不知道一個人要怎麼玩了。就算玩相同的遊戲，一個人也覺得很空虛。

心太一定是第一次和大家聚在一起玩。

所以才會這麼興奮。

當他覺得毫不猶豫地爬上樹的心太好耀眼，忍不住瞇起眼睛時——

「唔！」

「心、心太！」

「危險！——好痛……」

爬到窟窿附近時，心太似乎一時大意腳滑了。

正好在樹下的隼人立刻接住他，但兩人還是狠狠地撞上地面。

「心太！哥、哥哥，你也不要緊吧！」

「這點撞擊力道沒什麼……哈哈，而且心太還是小不隆咚的，很輕啦。」

「咦……啊……」

「真是的，你在搞什麼啊，心太！」

沙紀氣急敗壞地衝過來，眼中帶淚地破口大罵。但心太還沒釐清現況，顯得不知所措，淚水也積蓄在眼角。

「村尾，冷靜點，我小時候也經常從樹上掉下來。心太，你也沒受傷吧？」

「嗯、嗯……」

「可、可是哥哥你……」

「嘿咻！」

「春希！」「春希姊姊！」「小春姊！」

這時春希喊了一聲，從樹上一躍而下。

接著咧嘴一笑，彷彿在說「這點高度不算什麼」，真是出其不意。

隼人感到傻眼，低聲說了句「果然是猴子」，春希立刻用不悅的眼神掃射過來。但她隨即介入村尾堂姊弟之間，突然揉揉心太的頭髮。

「喔，心太，你真了不起！掉下來居然沒有哭，好厲害喔～～以前隼人讓獨角仙跑掉的時候都哭得很慘呢！」

「小春姊？」

「等等，喂，春希！那是幾百年前的事情啊！」

「咦？哥哥、哭得很慘嗎……？」

「村、村尾，妳也不要相信她！」

「唔嘻嘻。」

忽然被爆出過往的糗事，隼人頓時滿臉通紅。見狀，沙紀驚訝地眨眨眼睛，心太也同樣被嚇傻了。

但春希露出天真無邪的笑容，將抓到的高砂深山鍬形蟲放在心太手上。

「所以我要把這隻高砂，獻給超級勇敢的心太！」

「咦？可以嗎！這是小春姊抓到的耶！」

「可以可以～～我也不能把牠帶回都市啊。」

「謝、謝謝——啊。」

心太的肚子發出「咕嚕嚕」的可愛聲響，蓋過他的回答。三人圍在難為情的心太身旁，紛紛輕笑出聲。而春希發現隼人生氣地瞇著眼，便露出淘氣的笑容，並吐出粉色舌尖。

明明是從小看到大的熟悉笑容，隼人卻不自覺地心跳加速。

「啊～～那個，我肚子餓了，先回家吧。」

「是啊，說不定小姬也起床了。」

「啊，等一下啦，隼人、沙紀。心太，我們也一起走吧？」

「嗯！」

為了掩飾狂亂的心跳聲，隼人邁開腳步回家。

「我回來了。」

隼人的輕聲細語消失在依舊昏暗的玄關中，後方接著傳來三個小聲的「打擾了」。但無人回應，可見姬子還沒醒來。不過他們本來就是堅信姬子還沒起床，才會把音量降低的。

順帶一提，他們剛才沒鎖門就出去了。在月野瀨生活幾乎不會鎖門，所以之前春希和沙紀才能直接進門。

隼人直接往廚房走去。因為一大早就走了好長一段路，肚子也餓了，於是隼人飢腸轆轆地心想：「早餐要吃什麼好呢？」並打開櫥櫃。

不巧的是，他們搬家前就清掉了不少，所以沒剩多少像樣的食材。櫃子裡只有鹽、糖、胡椒和油類等可以久放的調味料、幾種即食食品和罐頭等儲備食糧，還有昨天沙紀給的源爺爺家的夏季蔬菜。

隼人雙手環胸苦惱地「嗯～～」了一聲。這時，身後有個人戰戰兢兢地開口問道：

「那、那個～～需要我幫忙嗎？」

「村尾？」

原來是沙紀。隼人對眼前的人有些意外，但他往客廳瞄了一眼，發現春希和心太相當專注地盯著捕蟲箱裡的高砂深山鍬形蟲。姬子也還在睡覺，沙紀一定是覺得沒事可做吧。

隼人露出苦笑，重新看向沙紀。沙紀今天的服裝跟昨天一樣，不是她常穿的中學制服或巫女服，而是款式高雅的荷葉袖針織棉上衣，和剛好遮住膝蓋的中長網紗裙，讓整體色調淺淡的沙紀呈現出成熟的韻味。

裸露的面積一點也不多，但給人的印象很新鮮，讓隼人不禁怦然心動。

可能是為了姬子回來月野瀨的這一天，特別訂製的吧。

一看就知道那是全新的衣服。隼人擔心她的衣服會因為準備早餐而弄髒，這時他想到姬子在烹飪實習課上用過圍裙，想找找收到哪裡時，忽然靈機一動，想到了早餐的菜色。

「我知道了，先把菜洗好切一切吧……因為我們前一陣子都不在家，妳可以幫我把碗洗一洗嗎？」

「好！」

隨後，他們一起開始準備料理。

先把茄子縱向切成對半，再切成半圓形，小黃瓜切成塊狀。將兩者放進碗中，加入鹽巴搓揉，等變軟後擠乾水分，再加入瀝去湯汁的水煮鯖魚罐頭，用香油拌勻。

之後將滾刀切的番茄塊、汆燙過的秋葵跟切成絲的紫蘇葉撒在上頭，鯖魚佐夏季蔬菜的清爽沙拉就完成了，在夏日悶熱的早晨也能一口接一口，淋上芥末醬油應該也很好吃。

只有這道菜還不夠，所以他把回來月野瀨前在車站買來自己吃、用海綿蛋糕裹住香蕉的點心，放上塗了奶油的鋁箔紙，放進小烤箱烘烤。

不一會，香甜的氣息馬上瀰漫開來，客廳也傳來兩個肚子餓的可愛「咕嚕」聲，讓隼人和沙紀相視而笑。

被香氣吸引的不只是春希和心太，接著又傳來有人下樓梯的聲音。

「哥，我餓了～～……咦，怎麼大家都在啊！」

姬子一來到客廳就被嚇了一跳，睡翹的髮尾也彈啊彈的。

所有人圍著客廳的矮桌享用早餐，姬子半瞇著眼連連抱怨。

「討厭～～！你們一大早就跑來家裡，嚇我一跳，拜託你們先講一聲……反正這一定是小春臨時起意的吧！」

「畢、畢竟七年沒來了，我有點太興奮……」

怒氣沖沖的姬子絲毫不打算掩飾自己的不滿。

但與其說她是為此動怒，反而更像是因為被排擠而鬧脾氣。

現在她也無精打采地碎唸著「反正我對抓蟲沒興趣」。

「因、因為把小姬叫醒也不太好嘛……」

「是沒錯啦～～！」

看到春希拚命安慰姬子的模樣，隼人有些傻眼，事不關己地吃著早餐。姬子發現後，或許是對隼人冷漠的態度不甚滿意，便嘟起嘴巴責怪道：

「哥，你也管管小春──喂，你的手肘是怎麼回事！」

「嗯？什麼？……是在哪裡擦傷的嗎？」

姬子忍不住探出身子，指著隼人手肘上的擦傷。

紅黑色的傷口大概像兩個500日圓硬幣並排那麼大，看起來就很痛。但實際上沒有外觀所見那麼痛，所以隼人自己也是現在才發現，看來是接住心太時受傷的。

「等等，哥，這樣沒問題嗎？」

「哇，隼人，你傷得滿嚴重的耶。」

「不要緊吧，用口水塗一塗就──」

「不可以！」

這點傷沒什麼大不了──隼人本來想這麼說，卻被沙紀的一聲怒吼打斷了。

硬要說的話，沙紀是用敏捷又強硬的動作將隼人帶到廚房沖洗傷口，從她平日乖巧的模樣根本無法想像。這下連隼人都藏不住內心的動搖。

「村、村尾？那個，我沒事啦……」

「看起來不像沒事啊！真是的～讓我好好看看傷口的狀況～～！」

「啊，好。」

沙紀用不容分說的態度將傷口清洗乾淨後，迅速用手帕擦去水分，再從小包包裡拿出攜帶型的消毒液和軟膏處理傷口。

準備得相當周到。

這些舉動也很出乎隼人的意料。

「對不起，都怪心太他……」

「……啊。」

但聽到這句話，隼人就明白了。

除了裝在小包包裡的急救護理用品組，現在貼在手肘上的ＯＫ繃尺寸也特別大，上頭還印了活靈活現的可愛狐狸圖案。這些本來都是為誰準備的呢？

得知了沙紀嶄新的另一面，隼人的嘴角勾起笑意。

「好了，要記得勤換ＯＫ繃喔。」

「啊～～那個，謝謝妳，嗯。」

「不，這沒什麼……」

「因為村尾妳是姊姊嘛。」

「唔咦？」

沙紀沒聽懂隼人說的「姊姊」是什麼意思，兩眼眨個不停。

當隼人面帶微笑地看著在客廳吃著早餐的心太時，沙紀的臉頓時紅成一片。

用有些強勢的態度照料別人，彷彿要成為那個人的後盾——這是沙紀身為堂姊的一面。

隼人感到欣慰的同時，同樣身為有弟妹的哥哥，心中也湧現出一股親近感。

「原來如此，所以妳才這麼可靠。」

「咦！啊、不、那個～～！」

面對隼人投來的目光，沙紀不知該如何是好，於是驚慌失措地大喊一聲。聽到她的驚叫聲，春希和姬子都一臉疑惑地來到廚房。

「隼人，你搞什麼？你在捉弄沙紀嗎？」

「哥，你該不會在調戲沙紀吧？……真不舒服。」

「才不是呢。我只是在稱讚村尾很賢慧，跟春希和姬子差很多。」

「等等，哥！別把我跟毫無賢慧可言的小春相提並論好嗎！」

「小姬！不是啊，隼人，每個人都有比別人好或不好的地方吧！」

「啊、啊唔……」

結果沙紀也被捲入三人一如往常的拌嘴之中。

獨自在暴風圈外觀察狀況的心太，看著捕蟲箱裡的高砂深山鍬形蟲的大顎，一臉疑惑地說：

「……鹹會？」

吃完早餐並將碗盤收拾完畢後，眾人喝著茶稍作歇息，春希卻突然像要發表意見般舉起手。

「去河邊玩吧！」

「河邊？」

「嗯，我們去河邊抓魚吧。來，拿去！」

「這個……妳什麼時候做的？」

「昨天在沙紀家做的？」

「原來妳不是只想抓蟲而已啊……」

春希不知從哪裡拿出一個用兩公升寶特瓶做的捕魚裝置，隼人以前也常常做。

這種純手工的裝置俗稱「魚籠」，是將寶特瓶瓶口切下來，再反裝回瓶身，讓魚兒易進難出。

為了讓引誘魚兒的餌料氣味得以擴散，瓶身自然也要打幾個洞。

「我們還做了餌料球喔！」

「心太也一起做了啊。」

心太也得意洋洋地拿出自己做的裝置，興沖沖地跑到春希身旁跟她擊掌。看到心太滿心期待的模樣，實在很難開口拒絕。

和隼人對上視線的沙紀也露出苦笑。

「嗯～～小春他們要去河邊啊……那我們要做什麼呢，沙紀？」

「咦？」

這時姬子伸了個懶腰，用帶著呵欠的聲音這麼說。

話題忽然拋到自己身上，讓沙紀驚訝地眨眨眼。

春希用有些不解的嗓音回問姬子：

「什麼？小姬妳們不來嗎？」

「妳說的河邊，應該是以前常跟哥去玩的那個地方吧？那裡沒有樹蔭可以遮陽，應該很熱又會曬黑。至於心太，反正除了小春，哥也會去，應該就不用擔心他了吧，沙紀？」

「咦？可是，那個……」

姬子毫不掩飾地露出嫌棄的樣子，還一一列舉出不想去的理由。

沙紀有些不知所措，視線在姬子和春希之間游移不定。

心太則整顆心都已經飄到河邊了，只顧著確認捕魚裝置和餌料。

見狀，春希看著姬子聳聳肩，百般無奈地搖搖頭。

「小姬，妳真是不懂呢。」

「啊？這是什麼意思，小春？」

春希直言不諱的挑釁，讓姬子不滿地蹙起眉頭。

隨後，春希露出更加遺憾的表情，用煽動的語氣對姬子說：

「戶外活動。」

「唔！」

「沒錯，我們現在要做的，正是身在都市絕對無法體驗的戶外活動喔。」

「什麼！咦？呃，可是……」

「小姬，這些事太習以為常，所以妳才沒發現吧？在河邊可以進行的活動，可不是只有放置陷阱抓魚而已吧？」

「話、話是沒錯……」

「除了可以探索溪流樂趣的溪降和溯溪，再往山裡走到較深的水域，甚至可以潛水吧？此外還有溪釣，將釣上來的岩魚或山女魚烤來吃，會讓都市人羨慕到無以復加吧？」

「對、對溪降跟溯溪羨慕到無以復加！……嗯，如果聊到休假時做了什麼，確實可以當作話題……對、對吧，沙紀！」

「啊、啊哈哈……」

聽到「溪降」這些陌生的詞彙以及炫耀和羨慕等字眼，姬子眼中頓時綻放出光彩，開始興奮起來。

看到好友向自己徵求同意，沙紀對她說變就變的態度尷尬一笑，但笑聲中也透露出「姬子平常就是這樣啊」的心情。

春希得意洋洋地閉起一隻眼睛，豎起大拇指。

隼人抓抓頭，瞇起眼說：

「妳說的只是爬上淺灘的岩石，從石頭上跳下水，還有釣魚而已吧……」

聞言，春希淘氣地閉起一隻眼睛，俏皮地吐出粉色的舌尖。

離開霧島家後，隼人一行人橫越未經修復的險道（縣道）和流經山腳下的河川，往上流走去。

河面約有都市住宅區的馬路那麼寬，流速平緩，水深也未達膝蓋高度。這條支流最終會匯聚到流往山裡的大河之中，規模頂多算是小河或淺溪而已。

現在雖然還是上午，強勁的盛夏艷陽依舊灼燒著肌膚。

燠熱的天氣，讓所有人的額頭都冒出了點點汗珠。

但每個人都踏著雀躍輕盈的步伐，聊著可有可無的話題。

「對了，沙紀，我前陣子跟哥去吃了迴轉壽司喔。」

「迴轉壽司！是那種轉來轉去的壽司店嗎～～？」

「真的很酷喔……不是只有壽司而已，副餐的菜色都很豐富，薯條、炸雞塊、蛋糕……根本就是全餐了……」

「嗚哇，壽司全餐！……小姬，妳已經是都會女子了呢……」

「唔，壽司？隼人，你們什麼時候瞞著我偷偷去的！」
「之前段考那陣子啦，我實在沒有時間每天做飯啊。」
「因為小春在段考期間很少來我們家啊～」
「咕唔唔……」
順帶一提，姬子愛吃的是鮪魚、鮭魚、蝦子和玉子燒，完全是小孩子的口味。
一行人聊著聊著，就看見一處巨大的河川曲流。
就只有這一處的河面變得特別寬，彷彿是為了曲流而生，內彎處的河灘堆了許多石頭，面積跟體育館差不多大。這裡是月野瀨最適合進行戶外活動的據點，村民們經常來訪，也是本次的目的地。
這時，河川對面的山頭吹下一陣風，蘊含著水氣的風十分沁涼，瞬間褪去隼人他們體內的熱氣，拂去汗水，每個人都因為舒適而瞇起雙眼。
「嗚哇，好懷念喔！這裡也都沒變耶～！」
「啊，喂，春希！」
看到睽違七年的遊樂場，春希頓時雙眼發亮，感動萬分。只見她一溜煙就衝到河邊，順勢撿起石頭往水面上丟。

石頭發出「啵啵啵」的聲音在水面上掀起漣漪，輕輕鬆鬆就彈了十次以上。

春希帶著得意的表情，興沖沖地轉過頭來。

看來她的意思是：我還是寶刀未老啊。

「雖然隔了一段空窗期，還是要有這點本領嘛。」

「哦？那我來露一手給妳瞧瞧吧？」

「唔！」

隼人接下挑戰，用沉著卻自信滿滿的態度將石頭拋向河面。這顆石頭彈跳的次數完全不輸春希，氣勢卻比春希略勝一籌。

在旁人眼中，兩人的技巧幾乎是平分秋色，但隼人用十分得意的笑容回應春希。春希的臉也不甘心地皺成一團，嘴裡發出不滿的低吟聲。

「我也很久沒玩了，但比妳多跳兩下喔。」

「剛、剛剛那個只是暖身而已！等著瞧吧，別被我的真本事嚇到腿軟喔！」

「哦？口氣真大，要不要賭一瓶彈珠汽水啊？」

「哼哼，正合我意！」

兩人忽然展開了一場打水漂之戰。隼人和春希先後往河面扔出石頭，石頭如生物般在水面上不斷跳躍。

或許是慢慢找回狀態了，兩人的彈跳次數也漸漸往上攀升。

潺潺流水聲和石頭擊打水面的清脆聲響化為節奏，比賽情勢也逐漸白熱化。

「你看，這次是我多跳了一次！」

「是啊，沒錯。但論彈跳的距離，每一次都是我壓倒性勝利耶。」

「唔咿咿……」

「啊哈哈！」

「真是的～～！哥、小春，你們在幹嘛啦！」

「「唔！」」

回過神來的姬子對兩人厲聲吐槽。

她兩手扠腰，雙腳張開站得直挺挺的，一旁的沙紀也苦笑起來。

隼人和春希也一臉尷尬，眼神四處游移。

這股難以名狀的緊繃氣氛，忽然被一陣「咚、咚」的水聲打破了。

「嘿！唔～～嘿！」

循著聲響的方向看去，是心太正在往河裡扔石頭。看樣子是被春希與隼人的打水漂之戰影響了。

但用上肩投法扔出去的石頭並沒有在水面上彈跳，就這麼空虛地沉進河底。心太的臉也皺成一團。

這時，隼人撿起石頭對他說：

「心太，要盡量選這種扁平的石頭，最好是可以卡在指間、那種有稜有角的。丟的時候要讓石頭和水面平行，還要注意旋轉的技巧……就像、這樣！」

「唔！呃，那個，這樣嗎…………………哇啊！」

隼人傳授訣竅並親自示範後，心太也有樣學樣，再次將石頭扔向河面。

這次的結果跟之前截然不同，石頭居然彈了兩次。

雖然只有兩次，遠遠不及隼人和春希的成績。

但石頭確實彈了起來。

「盡量從低一點的位置丟也不錯，像這樣單膝跪地，要不要試試看？」

「這樣嗎？嘿！……哇、哇啊～～！」

「喔，很厲害喔，心太。」

「彈、彈起來了！而且！跳了好多下！」

這次石頭彈了四次。心太高舉雙手歡呼，用全身表達他的興奮。

沙紀瞇著眼睛在一旁欣慰地看著，這時春希不知不覺來到她身邊，拉住她的手。

「沙紀，妳也試試看啊。」

「唔咦！啊、那個、我……」

「……如妳所見，隼人很會教，我以前也是跟他學的。」

「咦……啊……好的！」

明白春希的意圖後，沙紀讓春希拉著自己的手跑過去。

「啊，小春、沙紀！等等我啦，真是的～～！」

發現自己就要被留在原地，姬子一臉不情不願地連忙追在兩人後頭。

不知不覺間，眾人展開了打水漂大會。

玩得最投入的人就是心太……還有姬子。

「喏，你們看見了嗎！剛才我的石頭整整跳了七次耶！哼哼，我跳得比較遠！」

「唔，好難超過六次喔……」

「小、小姬，不要在那邊跳，很危險～～！心太也不要自己一個人去那麼遠的地方找石頭～～！」

姬子和心太把沙紀憂心忡忡的叮嚀當成耳邊風，越鑽研投法，石頭就會跳得越遠，這似乎讓他們玩興大發，扔得渾然忘我。

至於沙紀的次數，只能說讓人完全體會到「每個人都有擅長和不擅長的事」這個道理。看來她的運動神經差到連翻身上槓都做不到。

「哇！有了，跳了七次！小姬姊，妳看到了嗎！」

「喔喔，心太也做得不錯嘛。我也不能輸，接下來要挑戰十次！不過，Stone Skimming這門技術真的很深奧呢……」

「史東史雞咪？」

「是Stone Skimming啦，心太。」

「啊、啊哈哈哈……」

得意洋洋的姬子用極為標準的發音向心太炫耀。除了近在身邊的沙紀，站在稍遠處的隼人和春希也帶著苦笑看著這一幕。

「欸，隼人。」

「嗯？」

「有時候我真的很替姬子的未來擔心耶……」

「……這麼巧，我也是。」

順帶一提，姬子開始玩打水漂的起因，就是春希用「這種河濱休閒運動在蘇格蘭叫Stone Skimming，還有世界錦標賽呢，妳不玩嗎？」這種不知道從哪裡得知的冷知識發起挑釁。姬子還是這麼好騙。

這時，隼人像是忽然想起什麼似的開口問道：

「對了，捕魚裝置怎麼辦？」

「啊～心太已經玩打水漂玩瘋了……嗯～畢竟有好幾個，你先把自己的設置好吧？我還是先去跟他說一聲好了。喂——」

「好，麻煩妳了。」

目送春希走向姬子他們身邊後，隼人就先穿著夾腳拖走進河裡。

「好冰！」

泡到小腿肚的河水比想像中還冰涼，讓他不禁驚叫出聲。

但頂著八月天的燠熱天氣，累積在體內的熱氣漸漸從腳趾頭流進河裡，他舒服地瞇起眼睛。

經過透心涼的洗禮，心滿意足的隼人開始觀察河底的狀況，尋找適合安放裝置的場所。接著移動石頭整頓場地，讓裝置不被河水沖走，可說是高強度的勞動。

整體設置完畢後，他吐了一口氣，用手背擦去從額頭流下的汗水。這時有個怯生生的聲音問道：

「哥、哥哥，我也來幫忙～～！」

「村尾？咦，春希呢？」

「啊、啊哈哈……」

只見沙紀舉起一隻手朝自己緩緩走來，在她身後的春希卻志得意滿地扔著石頭，可能是被姬子和心太慫恿了吧，根本是勸阻不成反被推坑。看樣子沙紀在那邊沒事做了，隼人也苦笑起來。

看到沙紀在河邊脫下穆勒涼鞋，提起裙襬就要走進水裡，隼人急忙出聲制止。

「等一下，村尾！小心啊！」

「唔咦？啊……呀！」

「呼……好險！」

這條河流速緩慢，水深也算淺。

所以沙紀才會決定光腳走進去，以免弄濕穆勒涼鞋吧。可是河底其實充滿危險，或許會有尖銳的石子或玻璃碎片，就算走在平坦處，也很容易因為踩到水草而滑倒。

果不其然，沙紀也踩到黏滑的水草，整個人失去平衡，幸好隼人在千鈞一髮之際拉住她的手，將她抱進懷裡。

「呼……妳沒事吧，村尾？」

「咦？啊、呃，那個……！」

「唔！別、別擔心，冷靜下來，緊緊抓住我。」

「可、可是，太近了，你還抱……！」

沙紀完全被圈進隼人的臂彎之中。被喜歡的人擁在懷裡，讓沙紀的腦袋瞬間沸騰。她當然會因為害羞而混亂不已，拚命掙扎，試圖掙脫。但隼人的腳下也不是很穩，所以也失去平衡。

「好痛！」

「呀！」

現場傳來一聲「撲咚」的巨大水花聲。

為了將受害程度壓到最低，隼人選擇讓自己先跌進水裡，結果一屁股撞到河底。

沙紀也跟著跌倒了，但為了不讓她被水濺濕，隼人將手放在沙紀的腋下將她撐起來，所以膝蓋跪地的沙紀只有掀起的裙襬部分濕了。另一方面，隼人的上半身有一半全都泡在水裡，連短褲和內褲都濕透了。

沙紀無法搞清楚事發經過，卻還是急忙拉開距離，愣在原地猛眨眼睛。

跌坐在河底的隼人和沙紀看著彼此，這一幕看起來十分滑稽。

於是，隼人忽然忍俊不禁地大笑起來。

「啊哈、啊哈哈哈哈哈哈哈哈！」

「哥、哥哥？」

「我才覺得妳身為姊姊行事很可靠，結果妳也有這麼冒失的一面啊。」

「啊唔唔～～……」

被喜歡的人用帶著揶揄的口吻這麼一笑，沙紀不禁滿臉通紅地縮起身子。

看到沙紀的反應，隼人才發現自己捉弄得有點過頭了，於是一臉尷尬地站起身。

「啊～～那個，對不起。妳沒受傷吧？」

「咦？啊，沒受傷，都是託你的福。」

「這樣啊，那就好。」

接著，隼人面帶微笑地伸出手。

沙紀一時間沒搞懂他的意思，視線在隼人的手和臉之間來回游移，不知該不該握住。面露苦笑的隼人像催促般又把手往前伸，沙紀才小心翼翼地準備牽上去——

「……隼人，你一臉色瞇瞇的。」

「哇，好冰！」

「呀！」

一道水花狠狠潑向隼人的臉。

他驚訝地往水潑來的方向一看，發現春希拿著充滿懷舊感的竹製水槍。只見她一聲不吭地板著一張臉，不停往隼人臉上發射水花。

事發突然，隼人完全摸不著頭緒。

但他可不會乖乖就範。

「可惡，膽子真不小啊～～！」

「嘿嘿，你潑不到我～～！」

隼人用雙手掬起河水想潑向春希，春希卻動作敏捷地一躲，跑上河岸跟隼人拉開距離，還如回敬一般，從隼人的射程範圍外予以反擊。

「這招如何！」

「唔！」

但隼人也靈巧地用掌心做出水砲，用上肩投法丟了過去。

隼人如散彈槍般噴散出水花，春希則拉開距離，以步槍的方式瞄準射擊。

雙方展開一來一往的攻防，但平衡的局勢立刻就瓦解了。

隼人可以馬上從腳邊補充彈藥，春希卻不行。

再過不久，竹筒水槍的彈匣就會用罄。

眼見春希的武器無法發射，隼人勾起嘴角一笑，豈料春希也回了狡詐的笑容。

「心太隊員，麻煩你去拖住隼人，直到我補完水量為止！」

「遵命，長官！嘿～～！」

「唔喔！」

心太忽然從隼人背後現身，潑水過來。

回頭一看，心太也配備了跟春希相同的竹筒水槍。

當隼人被趁機偷襲時，春希也迅速補足彈藥，再度展開攻擊。

隼人被身懷武器的二人組一步步逼上絕路。

「呵呵，該做個了斷了，隼人。」

「認命吧！」

「唔，再這樣下去……喔，那個是！」

心太放在河岸邊的背包裡除了捕魚裝置之外，還放了預備用的竹筒水槍。隼人一眼看到水槍露在背包外頭，不懷好意地竊笑起來。

從他的視線和笑容讀出心思的春希大喊道：

「啊，武器被他發現了！一定要守住，心太隊員，射擊～～！把他射成落湯雞～～！」

「嘿！嘿～～！」

「哈哈，只要拿到武器，我就贏定了……！」

隼人從河裡衝出去，往背包直線衝刺。

為了阻止他的行動，春希和心太心無旁鶩地從四面八方射出漫天水柱。

四周瀰漫著緊張的氣氛，整場戰局迎來最高潮。

「…………啊。」

「咦……唔……啊……」

「姬、姬子……」

但戰事忽然宣告終止。

「……小春？心太？兄長大人？」

在這場水柱攻擊下犧牲的姬子，擠出彷彿來自地底的恐怖聲音。

她從頭到腳都濕淋淋的，髮型和衣服都泡湯了。

隨後，她發出「呵呵呵」的陰沉笑聲，一步步走向背包拿起武器，隼人、春希和心太都渾身一震，嚇得連連後退。

「心、心太隊員，把隼人當成擋箭牌，全力轉身逃跑吧！」

「遵、遵命～～！」

「喂，等等，春希、心太～～！」

兩人猛力一推隼人的背，讓他整個人往前倒還踩空，眼前則是面目猙獰的妹妹。

春希和心太一溜煙就逃得無影無蹤。

隼人也撐不住了，嚇得急忙轉身逃逸。

「混帳～～給我站住～～！」

姬子的這聲怒吼，拉開了鬼抓人的序幕。

沙紀呆愣地看著他們，但聽到大家尖叫連連，心中也莫名湧出一股笑意，就像剛才的隼人一樣。

回過神時，她也邁開腳步，奔向歡笑不斷的眾人身邊了。

「小姬～～春希姊姊～～哥哥～～心太～～等等我嘛～～！」

在盛夏金燦輝煌的陽光之下，傳來「嘩啦嘩啦」的水聲。

周遭蟬鳴陣陣，還有從山上吹下來的風。

五個人的笑聲被緩緩吸入湛藍色的遼闊天空之中。

豔陽從正上方灑下光芒，此處是月野瀨河濱的人行道。

路上印著水滴的腳印。

雖然程度不一，所有人的衣服都濕淋淋的，他們也不以為意，在河裡徹底玩瘋了。

「哎呀，偶爾在河裡玩到全身濕答答也不錯呢！」

「涼涼的，還很舒服！」

「真是的，小春妳居然跑到河中央，把我嚇死了！」

一行人歡聲笑語，聊得不亦樂乎。

除了一屁股跌進河裡的隼人，就屬春希的衣服最濕了。

上衣緊緊貼在她的身體上，充滿少女氣息的曲線和底下穿的小可愛都變得若隱若現。

隼人實在不知道該把視線往哪裡擺，本想說點什麼——但還是打消念頭，轉而搔搔熱呼呼的頭髮。陽光這麼烈，再曬一會應該很快就乾了。

他們沿著來時路走回去，沿途聊著用捕魚裝置捕獲的戰利品。

「但最後居然完全沒抓到魚耶，隼人。」

「我們在裝置旁邊玩得這麼瘋，魚群也會提高警戒，不靠過來吧。」

「對了，這邊是不是釣不到香魚跟山女魚？」

「有是有，但數量不多。妳想釣的話，最好去山另一頭的休閒魚場。」

「那裡很遠又要花錢嘛……但我們也不是一無所獲啦。」

此時，春希和隼人將視線移向心太緊盯著的那個寶特瓶裝置。

瓶中有十幾隻拇指大小的溪蟹，這是唯一上鉤的戰利品。

有些活力十足地四處竄動，有些安靜地待在原地，有些看著他們的臉揮舞蟹螯威嚇。看著看著，就覺得每隻溪蟹都性格獨具，讓人會心一笑。

「嗯嗯，溪蟹也不錯啊！」

「是啊，還活蹦亂跳的，得先用淡水泡一晚吐沙才行。」

「不過哥，才這麼一點點，頂多只能做一人份的點心吧？」

「等等，隼人、小姬，你們要吃溪蟹嗎！」

「「……咦？」」

聽到春希的驚呼，霧島兄妹也發出呆呆的疑惑聲。

三人面面相覷，沉默頓時籠罩全場。

春希一臉不可置信地跑到心太身邊，看著裝置裡的溪蟹，用徵求同意的語氣開口：

「居然要把這些小巧可愛的孩子吃下肚，你們說的是人話嗎……對吧，心太？」

「炸溪蟹又酥又脆，我很愛吃耶。」

「心太！」

心太的回答卻讓春希僵在原地。

她用難以置信的表情望向沙紀，沙紀也只回了個尷尬的表情。

「在宴會上也是很受歡迎的下酒菜……」

「連沙紀都這樣！」

看來溪蟹在月野瀨是超人氣食材。

除了崩潰地抱住頭的春希，其他人都發出「啊哈哈」的笑聲搪塞過去。

或許是因為聊到了食物的話題，不知道誰的肚子發出「咕嚕」一聲。現在已經是中午時分了。

「哥，我好餓喔～午餐怎麼辦？」

「吃什麼好呢……無論如何都得出去採買啊。」

「啊，對了！隼人，你很久之前說過烤肉生火有訣竅吧？我一直很好奇耶！」

「哇啊，烤肉～～！」

「哥，我想吃裹滿草葉，還有用優格醃漬過的那種烤雞！我去拿卡式爐～～！」

「需、需要我幫忙的話，儘管開口喔！」

「烤肉～烤肉～～！」

當春希和姬子開始起鬨要吃烤肉後，原本整顆心都繫在溪蟹上的心太也高高興興地加入話題。

被六隻滿懷期待的眼睛盯著看，隼人也很難開口拒絕。

「現在才開始做很花時間耶……呃，好好好，知道了啦。」

「我、我也來幫忙～」

「麻煩妳了，村尾。我想想，先去養雞的兼八叔叔那裡買肉，蔬菜先不用擔心。至於香草……源爺爺應該有種一些——嗯？」

這時，眼前的馬路上出現了軟呼呼的雪白集團。原來是一群羊，源爺爺就跟在羊群最後面。

應該是帶牠們去某處空地吃雜草了吧？源爺爺家的羊咩咩經常代替除草機幫忙吃草，在月野瀨是習以為常的光景。

但即使是雜草，羊還是相當偏食，所以算不上多有效率。而且比起雜草，羊似乎更偏愛菜苗，堪稱老饕。

「咩～～！」

「唔咦？」

有一頭羊發現了他們，發出宏亮的叫聲。

只見牠腳程飛快地直奔向沙紀，並用身子磨蹭，希望沙紀摸摸牠的頭。

「嗯咩～～！」

「哎呀？哎呀哎呀哎呀～～？」

「咩、嗯咩～～！」「咩～～～～！」「咩、咩～～！」

「咦、咦?等一下~~!」

第一頭羊衝過來後,其他羊也陸續跑來圍住沙紀。唯獨一頭身形肥大、慢悠悠的羊著急地追在後頭,也讓人會心一笑。

春希被突如其來的騷動嚇了一跳,抓住隼人的衣襬指著羊咩咩,但除了隼人之外,姬子和心太也只是「啊哈哈」地苦笑起來。

「沙、沙紀!隼、隼人,這樣沒問題嗎!」

「沒問題吧,牠們很聰明,才會認出村尾就跑過來撒嬌啊。」

「姊姊習慣了。」

「這些羊好黏沙紀喔~~」

彷彿被扔進羊群中的沙紀努力撫摸後,那些羊就發出「嗯咩~~」「咩、咩~~」的舒服叫聲。

看來這也是月野瀨經常上演的一幕。

「喔~~霧島小弟,剛從河邊回來嗎?你變成鮮嫩多汁的小帥哥了呢,你的調皮小夥伴也變成嬌豔欲滴的美女啦,呀哈哈!」

「咪呀!」

源爺爺愉悅地舉起一隻手走了過來，看到變成落湯雞的隼人和春希就哈哈大笑。

被源爺爺這麼一說，春希才終於發現自己濕淋淋的模樣，馬上面紅耳赤地環抱住自己並縮起身子，以免胸口走光。

見狀，姬子傻眼地嘆了口氣，心太疑惑地歪著頭，隼人的眉間也出現複雜的皺褶。為了掩飾難以言喻的心情，隼人轉移話題。

「啊～～那個，源爺爺那邊是不是有種百里香和迷迭香？」

「嗯？喔，有啊，但沒有很多。怎麼啦？」

「想請你分一點給我們，烤肉的時候想用。」

「烤肉？啊啊，原來如此，畢竟是夏天，大家也齊聚一堂嘛。對了，那也需要肉吧？要不要我幫你們聯絡兼八？」

源爺爺用有些調侃的語氣這麼說，還拿出智慧型手機給隼人看。

但隼人也得意地冷哼一聲，彷彿不讓源爺爺專美於前一般拿出自己的智慧型手機，用極度誇張的遺憾口氣回答：

「這個嘛，我來聯絡也行啦，但我不知道兼八叔叔的電話號碼。源爺爺，可以請你幫個忙嗎？」

「哦？搞什麼，你也買智慧型手機啦？」

「……住在大都市，沒有智慧型手機很不方便啊。」

「呀哈哈，原來如此啊！」

「沒錯。源爺爺，你聽我說！之前因為哥沒有手機——」

「對啊、對啊，隼人他——」

姬子和春希像在抱怨似的說起隼人過去的失敗經歷。

源爺爺聽得哈哈大笑，沙紀也忍不住發出偷笑聲。而從兩人口中聽到自己的失敗經歷，隼人也露出尷尬的表情。

當高掛在正中央的太陽稍往西偏移之時。

時間來到下午，此時才吃午餐有些晚了。

坐落在山邊高台的霧島家庭院中相當熱鬧，還升起裊裊炊煙。隔壁那塊不知道所有權人是誰的空地上停著幾輛小貨車、小客車和腳踏車。

「嗚哇，火燒得好旺喔！沙紀，妳看到了嗎？居然像火柱一樣，轟地一聲竄起來耶！」

「五花肉的油脂……小、小姬，趕快翻面！」

「烤棉花糖好好玩喔……！」

姬子與心太在生起炭火的卡式爐前開心地喧鬧著，沙紀則憂心忡忡地叮囑他們。

烤架上是月野瀨產的玉米、青椒、洋蔥、番茄、杏鮑菇等蔬菜，還有野豬肉。滋滋的炙烤聲響加上竄跳的火焰，燃起陣陣炊煙，四周歡聲笑語。

「喂～～再拿幾瓶啤酒過來～～！」

「玉米已經熟了吧？」

「烤番茄可以吃了，畢竟本來就可以生吃嘛，啊哈哈！」

在這場烤肉大會上興高采烈的人，不是只有隼人一行人。

在那之後，源爺爺聯繫了養雞的兼八叔叔。除了隼人要求的蔬菜和香草之外，他還把兼八叔叔、各式肉品和一大堆村民帶來霧島家，自然也少不了酒。

隼人起初也嚇得不知所措，但源爺爺帶來的食材比他原本要求的還要多，又說不收錢，身為家中的財務長，隼人實在難以拒絕。

他反而欣然地一口答應，於是正中午便開始了這場烤肉宴會。只要嗅到宴會的氣氛，參加者就會自動增加的這種現象，在娛樂不多的月野瀨算是常態。

「隼人，還沒好嗎，還沒好嗎！都已經飄出香噴噴的味道了！」

「啊～好像差不多可以吃了。」

春希興奮難耐地盯著眼前的兩種雞肉料理，這是本日的重頭戲。

一種是撒上稍多的鹽巴，用炭火將皮烤到金黃焦脆後，再和百里香、巴西里和迷迭香等現摘的新鮮香草一起包進鋁箔紙烘烤的香草烤雞。

一種是用鹽巴、胡椒和檸檬汁搓揉，再用薑蒜末、孜然、香菜、薑黃、辣椒粉和優格調製的醬汁醃製後，串成肉串、抹上奶油烘烤的坦都里烤雞。

每一道都香氣四溢，賣相也可口到無可挑剔的程度。

「嗚嗚嗚～每一種都烤很久了吧！」

「嗯，都已經熟了，應該沒問題了。打開一個試試看吧。」

「好好好，我來開——嗚哇！」

話才剛說完，春希就打開鋁箔紙，香草和雞肉融合濃縮的香氣濃烈又清爽，隨即擴散到四面八方。

周遭的話語聲戛然而止。

方才還吵吵鬧鬧的眾人，都將注意力放在香草烤雞上，還不約而同地發出吞嚥口水的聲響，儼然是本場主角現身的瞬間。

「喔，得先切開才行。」

「哥，快點快點！」

「哥、哥哥，我已經準備好紙盤了～」

「隼人，怎麼只有我的比其他人少啊！」

「好好好，不要急，我烤了很多。」

隼人在切雞肉時，春希和姫子就在一旁發揮威猛剽悍的食慾，不停將雞肉吃下肚。心太也被兩人的氣勢所影響，不停把肉塞進鼓起的雙頰，結果噎到了，沙紀急忙拿水給他，還幫他拍拍背。

被勾起食慾的不只是他們。

「喂～阿隼，也拿一點過來啊～」

「我們要有點辣辣的那種喔，跟啤酒很對味！」

「沒錯！」

「哇哈哈！」

「好好好，等我一下。」

源爺爺這群大人也紛紛催促著趕緊上菜。

隼人面帶苦笑，動作迅速地切著雞肉。

他不排斥這種照顧別人的感覺，一方面也是因為習慣了。

這麼做的確費事又辛苦，但聽到「好吃」、「再來一份」、「還想再吃一點」這些話，過去被穿鑿後留下陳年傷疤的心就充滿富足感，讓他勾起笑容。

「啊，我拿去源爺爺和兼八叔叔那裡吧～～」

「村尾？」

「哥哥，你從剛才就一直忙著料理，完全沒吃吧？啊，剩下也由我來切吧～～」

「呃，可是……啊。」

說完，沙紀就直接拿起隼人手上的紙盤。事出突然，隼人呆愣地眨著眼睛，結果肚子的咕嚕聲代替他回答了。

沙紀露出像在表達「我就知道」的苦笑，沒有回答。

於是隼人將眼前的香草烤雞放上紙盤，吃了起來。

「嗯，好吃，烤得不錯。」

伴隨著烤得香酥的雞皮、滿溢而出的肉汁，香草的清爽香氣在口腔中蔓延開來。

在藍天之下看著一望無際的田園，隨著微風吹拂享用餐點，在格外遼闊的開放感的幫助下，美味也更上一層樓。經過空腹的催化，隼人吃得一口接一口，根本停不下來。
盤子轉眼間就空了。這時有人從旁邊遞上新盤子，上頭盛了滿滿的野豬肉和蔬菜。
「喏，也該吃一點這個，隼人。」
「春希。」
看來是春希又幫他拿了一盤過來。
隨後，春希在他身旁坐下，津津有味地吃起自己拿好的那一盤食物。隼人也有樣學樣地吃起來。
跟某個人——跟春希一起吃飯，美味程度似乎更加昇華了。
「我忽然想到，在那邊絕對沒辦法烤肉吧。」
「對啊，我家是公寓，春希家的庭院也不夠大。」
「呵呵，而且真的要烤的話，煙應該會影響到鄰居，還會被罵。」
「說到煙，燒肉店的抽風機真的很管用耶。」
「唔，燒肉！我還記得你瞞著我們，跟海童他們一起偷偷去吃了燒肉！下次一定要帶我去喔！」
「好好好。」

配著可有可無的閒聊，一邊烤肉一邊吃，這個流程重複了一次又一次。

姬子和心太也痛苦地抱著肚子吃肉，在一旁觀望的源爺爺大人組覺得很有趣，還拚命勸他們多吃點，結果被沙紀唸了一頓。

但每個人都帶著笑容。

偶然看到這一幕的春希，若無其事地低聲說：

「除了隼人和小姬之外，還有沙紀、心太、源爺爺跟兼八叔叔他們……好多人喔。」

「是啊。」

「我覺得，來一趟月野瀨真是太好了。」

「……春希？」

接著，春希露出似困惑又似喜悅，還帶著一絲落寞的複雜笑容。

隼人覺得這個表情很熟悉。

卻又想不起來是在哪裡見過。

隼人努力翻找字句想說點什麼，卻又一無所獲，讓他胸口緊緊揪著。

但還是得說才行——在這股類似使命感的思緒驅使下，他打算勉強擠出幾句話時。

「啊～～那個——」

「嗯咩～～～咩、咩咩咩咩～～～～～！」

「「唔！」」

眼見下一秒就要陷入沉重的氣氛，卻被一陣彷彿走投無路的痛苦叫聲打破了。

出現的是某隻眼熟的羊。

被意料之外的闖入者嚇到的不是只有隼人和春希，這起突發事件讓在場所有人都疑惑地看著彼此。

「哎呀？怎麼回事啊……奇怪～～？」

「嗯咩～～～咩～～～～！」

「唔！不是去找沙紀，居然跑來找我？」

羊直接略過最喜歡的沙紀，往源爺爺直奔而去，咬住他的衣襬用力一扯。

源爺爺家的羊經常跑出羊圈，悠閒地四處漫步。

但現在的樣子不太對勁。

羊似乎想傳達些什麼，眾人卻不明白牠的意圖。

當大家更加疑惑地歪著頭時，方才騎著腳踏車去補充啤酒的人臉色大變地喊了一聲。

「喂～～！不好了，源爺爺家的羊好像快生了！」

「「「「！」」」」

這個不合時宜的母羊生產消息，足以讓眾人的醉意盡失。

中場休息

——渴望

都市的熊蟬與鄉下不同，不是攀在森林的樹幹，而是建築物的外牆上，一大早就「唧唧唧」地叫個不停。

在熊蟬展開大合唱的這個住宅區一角，有一棟古老的日本家屋，在裡頭的盥洗室——

未萌在鏡子前面有難色，拿著梳子和髮圈陷入苦戰。

「嗚嗚嗚，會不會很奇怪啊……」

還洩漏出有些不安的低語。

鏡中映照出將一頭亂翹的捲髮綁成公主頭的自己。

這個髮型兼具天真可愛和成熟穩重的氣息，凸顯了她的魅力。

以往都是隼人的媽媽——真由美幫她綁的。

最近她會在春希的指導下，練習自己一個人綁出這個髮型。

收攏在後腦杓的頭髮不安分地搖來晃去。

「啊，差不多該出門了。」

說完，她就換上制服，走出家門。

一走出門外，隔壁鄰居家的庭院裡就傳來「汪！」的一聲，活力滿滿地跟她打招呼。

未萌循聲望去，蘇格蘭牧羊犬——廉人就搖著尾巴衝到圍欄邊。

「廉人，早啊，今天也很熱呢～」

「汪！汪汪、汪！」

「啊，未萌早安……哎呀，天啊天啊天啊！妳今天的髮型非常可愛呢！」

「奄美奶奶，早安！那個，不會很奇怪吧？」

「怎麼會呢！唔呵呵，非常適合妳。妳現在要去學校嗎？」

「是啊，有社團活動。」

「哎呀、哎呀哎呀哎呀，社團活動！好青春啊……呵呵，路上小心喔。」

「好！」

和笑容燦爛的鄰居攀談幾句後，未萌踏上平常上學的路線，朝學校的花圃走去。

那麼，今天要如何照料那些植物呢？

未萌想著這些事，卻因為頂著不同於以往的髮型，對周遭的眼光有些在意，變得心煩意亂，腳步也自然加快了幾分。
通過校門後，就能聽見操場傳來活力十足的吆喝聲。
雖然是暑假期間，但除了未萌之外，還是有許多學生為了社團活動來到學校。
「好！」
未萌來到花圃，並在胸口握拳為自己打氣。
這個時期是各式各樣的夏季蔬菜盛產期，每一株都開滿了花。
而且一不留神就會長滿雜草，勢必要細心呵護。
此外，又有颱風逐步逼近，也得做點防颱措施。
未萌稍微掃視一輪，看來今天不必收成，那要做的就是替生命力旺盛的夏季蔬菜修剪隨意生長的枝葉，還有拔雜草等維護工作。
看著外觀逐漸煥然一新的花圃，未萌覺得這跟整理自己頭髮的感覺有點像，不禁輕笑出聲。
工作大致告一段落後，未萌吐了一口氣，用手背抹去額頭的汗水。
這時，手機忽然傳出來電通知。
「哎呀？……喂，春希？」

『呀呵～～未萌，好久不見，妳在幹嘛？現在方便講電話嗎？咦，難道妳在外面？會很忙嗎？』

是春希打來的。她的嗓音滿是興奮之情，情緒也格外激動。

未萌心想「應該是碰上什麼好事了吧」，露出苦笑，並暫停手邊的工作移動到陰影處。

「我來整理花圃的蔬菜，現在正好告一段落，待會兒還要做防颱措施……發生什麼事了嗎？」

『嗯嗯，未萌，妳聽我說，真的太酷了！羊居然！生小孩了！從昨天中午一直生到現在！因為季節不對，牠生得很辛苦，大家都忙得天翻地覆，熬了一整夜呢！』

「天啊！」

『我們來不及做任何準備，牠又難產，又不能大老遠地跑去請獸醫過來，不只是源爺爺，所有村民都慌到不行！一直到剛剛才終於畫下句點！』

看來從昨天中午到現在，春希全程見證了羊的生產畫面。

對春希來說，這一定是出乎意料又難以忘懷的體驗吧。

她用絲毫不減的興奮口吻說著：『我們找了好多稻草過來！』『用繩子把小羊從母羊肚子裡拉出來，就像拔河那樣！』『羊生產這件事本身，在月野瀨也只是第三次而已！』用盡全力描述當時的場面。

未萌彷彿能看到春希在電話另一頭比手畫腳的模樣，也跟著笑逐顏開。看來這發展成把整個月野瀨都捲入其中的一大事件了。

『大家都很努力喔。每個人都要找隼人幫忙，沙紀也在背後提供協助……但我只會手忙腳亂……可是小羊誕生的那一瞬間真的太精彩了，當時天也亮了起來，所有人都開心地高舉雙手歡呼，我都忍不住哭出來了。』

「這樣啊，妳見證了生命誕生的瞬間呢。」

實際情況一定比春希描述得更加驚險，充滿奧祕吧。

未萌瞇起眼看著在花圃中盛放的夏季蔬菜、花卉，遙想著那個畫面。

回想起第一次看到植物結出果實的感動，未萌非常理解春希這股想找人述說的心情。而春希願意與自己分享，也讓未萌十分感動。

『對啊。小羊明明跟我一樣，都是在計畫之外誕生的孩子，大家卻開心成這樣……』

「春希……？」

春希忽然如此低喃，嗓音聽起來相當冰冷，找不出一絲情感。不對，更像是極度壓抑的結果。

未萌被她這句話嚇得倒抽一口氣，胸口悶得難受。

她聽說了春希的家世。

所以身為朋友，她才想說點什麼。

但她找不到任何詞彙。

即使如此，她還是努力轉動頻頻空轉的腦袋，拚命表達出她的想法。

「我、我爺爺馬上就要出院了！」

『咦？』

「隼人的媽媽，好像也快了，那個……！」

『……啊哈！嗯，這樣啊，原來如此……謝謝妳，未萌。』

「春希……」

『呼哇～我也變得好睏喔。不好意思，下次再打給妳。』

「啊……」

沒等未萌回答，春希就掛了電話，顯然是她的貼心之舉。

未萌嘆了一口氣，聲音中透露出一絲頹喪。

她抬頭仰望天空，剛好懸在正上方的太陽躲在軟綿的雲朵後頭，影子灑落地面。

與此同時，宣告正午時分的鈴聲也響了。

「啊，得趕緊收拾才行。」

重新打起精神後，未萌迅速將修剪下來的枝葉和雜草裝進垃圾袋綁好，往垃圾集中處走去。

位處校舍後方的垃圾集中處，平時也鮮少有學生的蹤跡。現在又正值暑假，人煙更稀少了。

所以她壓根兒沒想到那裡會有人。

「為什麼啊！」

「那個，我有喜歡的人了……」

「少騙人了！謠言根本就是誤傳，我知道一輝實際上是怎麼看待二階堂同學的！」

有一對男女在那裡爭論不休，似乎是為了感情爭風吃醋。

這裡是很有名的告白聖地，未萌也撞見過好幾次，在某種程度上算是習慣了，男方是一輝的場合更是多到數不清。

平時她會屏住呼吸、靜待事態平息，但顯然是指春希的「二階堂同學」一詞讓她心生動搖，肩膀一顫，結果垃圾袋應聲落在腳邊，他們倆當然也發現未萌了。

「是、是誰！」

「……我記得妳跟隼人都是園藝社的……」

「那、那個，呃，我、我是要來丟垃圾……」

未萌一臉尷尬地撿起掉在地上的垃圾袋並舉在眼前，示意她無意偷窺，他們也能從未萌的表情中看出她並無惡意。

在這一言難盡的氣氛中，只剩下未萌「啊哈哈」的乾笑聲。

「……我不會放棄的。」

「高倉學姊！」

「……啊。」

留下這句話後，二年級的女學生——高倉學姊便轉身離去。

未萌也聽說過她的傳聞。

她是家世顯赫的千金大小姐，隸屬戲劇社。身為去年校園選美比賽壓倒性強者的她，連離開的身影都如此端莊高雅。

未萌知道這麼做不恰當，卻還是忍不住看得出神。真不愧是二年級的知名人物。

但也看得出她對一輝死心塌地，兩人關係匪淺。

回想起來，未萌以前也見過她對一輝告白過兩次。
可見這兩人之間有著錯綜複雜的情感糾葛。
或許是這分窘迫之情顯現在未萌的臉上，一輝像要化解尷尬一般露出苦笑，重新看向未萌。
「啊哈哈，讓妳看到不該看的場面了。那個，希望妳忘了剛才那一幕……我先走了。」
說完，一輝就輕輕舉起手，準備離開。
「那、那個，請等一下……？」
「唔！呃，怎麼了嗎……？」
但未萌卻下意識地留住了一輝。
不只是一輝，連未萌都嚇了一跳，語尾充滿了困惑。
說穿了，未萌跟一輝根本沒有直接性的關連，只有和春希或隼人聊天時聽過他的名字，大概算是朋友的朋友。
而且，未萌已經在這個地方看過一輝拒絕女孩無數次了，早已習以為常，那為什麼今天偏偏要把他留下來呢？
「海、海童同學現在的表情，跟春希和隼人一樣，感覺很難受……！」

「唔！」

試圖極力壓抑內心情感的模樣，跟他們一模一樣。

不知為何，未萌就是沒辦法坐視不管。

正因為剛才和春希通過電話，她才更難以割捨。

一輝愣在原地，瞪大雙眼，隨後仰望天空嘆了一口氣。

「算我輸了。對現在的我來說，這是最致命的一句話。」

一輝輕輕舉起雙手，投降般地如此說道。

過了一會。

未萌被一輝帶到某間咖啡廳。

「這裡是……」

在正統日式風格的店裡忙碌穿梭的店員，都穿著特色十足的箭羽紋袴裝制服。

這裡是在未萌班上也蔚為話題的白糕點鋪。

未萌去醫院探視祖父時，當然也常常目睹這間店的熱門程度。

雖然時值暑假，但今天是平日，又過了中午的巔峰時段，店裡還有幾處空位。

「站著聊天也不方便，我覺得來安靜的地方比較好……那個，抱歉讓妳走了這麼遠，這筆帳就算我的吧。」

「不、不用啦，呃，我不介意。」

「哈哈，沒事沒事。」

「那、那個……」

一輝熟門熟路地走進店裡，未萌急忙追在後頭。

她是第一次造訪這間店，之前也不是不感興趣。

但對內向的未萌來說，一個人走進咖啡店（時尚的空間）的難度實在太高了。

她偷偷瞥了一輝一眼。

身材高挑，性格爽朗，是連走在路上擦肩而過的女性都會忍不住多看幾眼的帥哥，現在也能感受到店內紛紛投射而來的熱情目光。站在這種人身旁，實在很難不緊張。

「歡迎光——呃，一輝！而且還帶著女孩子！」

「嗨，伊織。我跟她，呃，有點事要談。」

「咦？啊、那個，請多多指教！」

「這位客人，請別對我低頭鞠躬！」

掀開門簾後，有一個人驚訝地上前迎接。

這位用熟稔的語氣向一輝搭話，有著明亮髮色的店員——正是伊織。

但未萌跟伊織毫無關聯，頂多只能從眼前的互動模式，勉強看出兩人是親密無間的好朋友。

這下該怎麼辦？

未萌對眼下的狀況有些茫然。而伊織看了一輝的表情後，忽然瞪大雙眼變得一臉嚴肅，並無奈地搔搔頭髮。

「啊～～那個，去裡面要脫鞋的榻榻米區角落吧，在那裡就不必擔心別人的目光了。」

「麻煩你了，伊織，謝謝你。」

「沒什麼啦。之後要跟我解釋一下喔。」

「能說的我會全數奉告。」

隨後，伊織將他們帶到從店門口也很難看見的區域。這個座位離其他客人也有段距離，說話聲應該不會被聽見，正適合談論複雜難解的話題。

脫下皮鞋入座後，未萌從一輝手中接過菜單。

「哇啊！」

映入眼簾的是琳琅滿目的日式甜點。

狀似金魚在水缸中游泳的錦玉羹、使用西瓜和芒果等夏季水果製作的大福，還有模擬繡球花等當季花卉外型的落雁。

看著這些甜點的華麗造型，未萌眼中綻放出璀璨光芒。

過了一會，她又皺起眉頭。

甜品的種類實在太多，讓她看得眼花撩亂，不知該選哪一個。

「葛切涼粉抹茶聖代好像是主打商品。」

「咦？」

「之前有人跟我說，葛切涼粉入喉時的ㄇ感滑溜又清爽，配上抹茶苦中帶甜的滋味，好吃又充滿夏日風情。」

「啊，好，就點那個吧。」

「不好意思～～麻煩來兩份葛切涼粉抹茶聖代——」

這時一輝伸出援手，建議她點主打商品。未萌一時也做不出決定，便心懷感激地接受他的建言。

未萌趁一輝點餐時，再次環視店內擺設。

以灰泥塗料粉刷而成的黑色樑柱，配上對比色的潔白牆面，營造出沉穩的氛圍。在這個高雅空間裡四處穿梭的店員，穿著日式又新潮的箭羽紋袴裝制服。

原來如此，難怪會成為話題。未萌不禁也想穿穿看這套制服。

未萌想著這些事，同時拉了拉自己的瀏海。

還可以吧？不會很奇怪吧？

平常的未萌跟時尚根本扯不上邊，還好唯獨今天嘗試了這個髮型，但還是會忍不住跟其他看起來光采奪目的客人相比較。

「這麼說來，妳今天的髮型跟平常不一樣呢。」

「咦！啊、那個，不……不會很怪吧？」

「怎麼會呢！非常可愛，很適合妳。」

「唔！啊唔唔……」

一輝露出惹人喜愛的柔和笑容稱讚未萌的髮型，讓未萌頓時羞紅臉，縮起肩膀。

她沒辦法正眼看著一輝，雙腳膝蓋不停磨蹭。

可是對方確實誇獎了自己，得跟他道謝才行——未萌帶著這個想法戰戰兢兢地抬起頭，卻跟一臉尷尬、彷彿闖下大禍的一輝對上視線。

「啊～～那個，對不起……希望妳別生氣，聽我解釋。我剛才說那句話不是為了要搭訕妳，只是單純說出內心的想法而已。呃……」

「唔咦！那個，我是因為不習慣聽到這種稱讚，該說是嚇到了，還是有點害羞……」

「這、這樣啊，那就好！哈哈！」

「啊、啊哈哈……」

一輝和未萌不斷上演這種雞同鴨講的奇怪對話，臉上都露出了僵硬的笑容。

「那個，雖然我已經很小心提防了，但解讀的方式因人而異，所以有時會讓對方抱持莫名的期待。」

「難道剛才那位高倉學姊也是這樣？」

「……是啊。她國中的時候，也發生過很多事。」

只見一輝面有難色，難受地皺起眉頭。

這一瞬間，未萌在他臉上看到了春希偶爾會流露出來、有些自虐的神情。

即使如此，她還是不知道該說些什麼。說穿了，今天是她第一次跟一輝好好說話。

四周瀰漫著凝重的氣息。

但僅持續了一瞬間，就被一道感到傻眼般的爽朗嗓音打破了。

「表情怎麼這麼難看啊，一輝？」

「唔！啊，伊織。」

「呃，那個……………哇啊！」

「來，久等了，幫兩位送上葛切涼粉抹茶聖代。」

看著送到眼前的葛切涼粉抹茶聖代，未萌將雙手交握在胸前，眼中綻放出璀璨光芒。

用葛切涼粉、白湯圓和紅豆餡層層堆疊，再用抹茶和黑芝麻冰淇淋、鮮奶油加以點綴的精緻甜品，充滿綠、白、黑的強烈對比，營造出夏日的沁涼感受。

原來如此，不愧是主打商品。

面帶苦笑的伊織馬上退到後頭，似乎不想偷聽兩人的談話。

未萌心想著「可以吃了嗎？」並偷偷窺探一輝的臉色，這時一輝也笑著拿起長柄的聖代湯匙，邀請她直接享用。

「我要開動了……嗯嗯！」

口腔中首先感受到恰到好處的冰涼感。

為熱呼呼的身體退火後，抹茶爽口的苦澀感和甜味漸漸蔓延開來，葛切涼粉滑溜的口感也令人難以抗拒。

「好好吃喔～～！」

「嗯嗯，這個也很好吃呢。呵呵，難怪她描述口感的時候『特別激動』。」

說著說著，一輝似乎想起了什麼，臉上勾起一抹笑容。

看來是想起聽人推薦這道甜品時的往事了吧。

在一輝心中，那個推薦人應該具有特別的地位，所以他的笑十分好看，讓未萌也跟著笑了起來，就像春希聊到隼人的時候。

「啊，難道推薦這個聖代的人，對海童同學來說很特別嗎？」

「嗯咕！咳、咳咳咳，嗯嗯！」

「你、你沒事吧！」

當未萌直接說出內心想法時，一輝馬上嗆得猛咳起來。他咳了好幾聲，眼角都泛淚了，臉也漲得通紅。

一輝意料之外的反應，讓未萌嚇得不知所措。

我又妄下定論了——未萌這麼想，後腦杓的頭髮跳啊跳的。

「咳咳……呼，沒事了。呃，妳問得太突然，害我嚇一跳……我跟她之間的關係確實有點特別，也覺得她是個好女孩，但我們不是那種關係……」

「嗯？是嗎？」

「…………是啊。」

說完，一輝笑了笑，但臉上蒙上了一層淡淡的陰影。看來他說的這些話不能盡信。

看到末萌露出憂心又困擾的神情，一輝將一隻手放在額頭上，無奈地嘆了口氣。隨後他輕輕搖頭，再次看向末萌。

「我啊，對交往或喜歡這些事一竅不通，或許是因為我沒資格和別人建立關係吧。」

「海童、同學？」

「……妳聽說過我的傳聞嗎？」

「呃，那個，我只知道你很受歡迎……」

「……國中的時候，我腳踏過三條船。」

「…………咦？」

末萌的臉因為嫌棄而扭曲。

腦海中忽然閃過一個人待在祖父家的自己，以及從來沒在家裡出現過的父親。

她的表情應該十分難看，這次換一輝慌了起來。

「傳、傳聞就只是傳聞而已！那個，雖然依當時的狀況來看，確實會被誤認為是腳踏兩條船，可我絕對沒有那個意思。為了跟她分手，我請人幫忙演出腳踏三條船的假象，但其實我根本沒有劈腿。」

「咦、啊、這樣啊！對、對不起，我又妄下定論了，那個……」

「啊、啊哈哈……啊啊，不過也是啦，我自己這麼說也……嗯，覺得是個渣男呢。」

拚命解釋的一輝認真到有些滑稽的地步，這一點跟未萌的朋友（春希）如出一轍。

「……呵呵。」

「三岳、同學……？」

雖然不知道他經歷過什麼事。

但乍看之下無懈可擊的外表，內心卻跟春希一樣笨拙至極，未萌也能感受到他無比耿直（呆傻）的一面。

這麼一想，未萌也沒辦法討厭他了，才會忍不住輕笑出聲。

「呵呵，不好意思。但你對待那個推薦人的感覺，似乎跟那些女孩很不一樣，你們應該也處得不錯吧？」

「誰知道呢……她推薦的時候，我也只是在場眾人的其中之一而已。那個，我應該沒有被她討厭就是了……」

一輝露出惶惶不安的神情。

未萌再次疑惑地眨眨眼睛。

一輝很受歡迎，這是自不待言的事實。像這樣和他聊過後，除了外表和言行舉止之外，也能體會到他為對方著想的心，未萌也能理解班上的女孩們看到他會瘋狂尖叫的心情。事實上，未萌也目睹過好幾次他拒絕女孩告白的場面。

正因如此，一輝對特定某個人的反應如此在乎的模樣，才讓未萌感到驚訝。看來那是無與倫比的特別存在。

「你、喜歡她嗎？」

「喜……！」

一輝頓時啞口無言。

但沒過多久，他就將手放上胸口，有些難受地說道：

「……不是我喜不喜歡她的問題，她有其他喜歡的人了。」

「咦？」

「雖然她是用『喜歡過一個人』這種過去式的說法，想忘記這段戀情，但她真的是個好女孩，我反而比較想要支持她……」

「支持、嗎……」

「可能就類似希望喜歡的偶像得到幸福的感覺吧。」

「呵呵，你這麼一說，我好像多多少少能理解你的心情。」

未萌也想起過去那一晚，在公園看到春希被雨淋得渾身濕透的情景。

那個笨拙的女孩跟自己坦承了祕密，兩人也變成好朋友。

在一輝心中，那個女孩一定也擁有這樣的地位吧。

聊著聊著，不知不覺就把聖代吃完了。

「唉，那位高倉學姊也是我的失算，總之我以前在戀愛方面經歷太多次失敗了……所以暫時沒有那種想法。」

「失敗？」

「嗯，失敗。所以我越來越摸不清別人的想法了……而且——」

伴隨著湯匙敲擊玻璃杯的「喀鏘」一聲，一輝表達出自己的想法。

「比起戀愛或女朋友，我更渴望與他人建立羈絆，像朋友這種確切的關係。」

「朋友……」

說完，一輝笑了笑。那個殷切又哀愁的表情很耀眼。

也非常美麗。

羈絆——這個詞也刺痛了未萌的胸口。

見未萌默不吭聲，一輝臉上又變回平常那種微笑，從座位上起身。

「啊，好像待太久了？那個，雖然幾乎都是我在抱怨，還是謝謝妳願意聽我訴苦。」

「別、別這麼說，那個，我從頭到尾真的都只是聽你說而已……啊，如果有機會，你還是可以找我聊聊喔！」

未萌忽然脫口說出這句話。

一輝頓時愣在原地眨眨眼睛，隨後才心領神會地點頭笑道：

「啊啊，原來如此。三岳同學，妳的這種個性跟隼人很像，所以我才能滔滔不絕地說個沒完吧？」

「咦！」

「哈哈，有機會的話，再麻煩妳聽我吐苦水吧。拜拜！」

「……啊！」

說完，一輝就趁未萌驚訝得僵住的時候抓起帳單，把帳結清，直接走出咖啡店。

被留在原地的未萌一時間說不出話來，後腦杓的頭髮慌張地跳個不停。

第3話 比翼鳥，連理枝

經歷母羊生產的騷動後，過了一段時間。

這天月野瀨的山，有種莫名凝重卻靜謐的氣息。

當夕陽落入西方的山巒時。

位於半山腰神社旁的村尾家中，其中一間房是沙紀的房間。

在跟山裡一樣有些緊張的氣氛中，房裡的春希和沙紀一臉嚴肅地做著手上的工作，旁邊地上散亂著布料、繩子和裁縫道具。

「呃，沿著紙樣，將布料剪出稍大的尺寸……」

春希在做的是翻蓋式手機殼。

此刻的她正沿著紙樣，慎重地將三花貓圖案的布料裁剪下來。

「嘿咻，這個好硬喔～～！」

沙紀在做的是圍裙。

製作圍裙本身並不難，但只做圍裙有點沒意思，所以沙紀想額外縫上狐狸圖案的繡章，才會陷入苦戰。

這兩個都是要送給隼人的生日禮物。製作時，她們偶爾會互相確認是否有照著網路上查的方法做。

這時，外面忽然颳過一陣強風。

在強風撞擊下，窗戶發出「喀噠喀噠」的聲響。與此同時，或許是因為雲層被吹散了，火紅色的夕陽光灑入室內。

「哇，已經傍晚了！」

「嗯唔～～剩下的晚上再做吧。」

聽沙紀這麼說，春希便停下手邊工作，舉起雙手伸伸懶腰，還轉了轉肩膀。

來到月野瀨之後，她找到機會就會著手製作，今天從早上就一直做個不停。春希看著外型已經大致完成的手機殼，感慨萬千地說：

「嗯，馬上就要做好了～～」

「……哥哥應該會收下吧？」

「……咦？」

這時，沙紀拿著做到一半的圍裙這麼說，言詞中帶著一絲膽怯。

春希嘴裡發出奇怪的聲音，雙眼也瞪得渾圓。

察覺到春希的視線後，沙紀急忙解釋：

「一、一方面是因為我第一次像這樣送禮物給別人，一方面是因為過去我跟哥哥沒什麼交集，要是忽然送他禮物，他會不會起疑呢……」

「嗯～～隼人很喜歡用便宜的香皂和毛巾，還有用集點貼紙換來的盤子。他就愛這種實用的東西，所以我猜他應該會很高興喔。」

「那個，就算收下了，他會不會因為小姬，應該說因為是妹妹朋友送的，就用得小心翼翼或是乾脆不用……」

「啊哈哈，隼人才沒那麼細心，不會因為是別人送的就過度珍惜啦。只要東西能用，他就會拿來用啦～～」

春希哈哈大笑，輕揮著手這麼說。沙紀微微皺著眉頭瞇起眼睛，用有些羨慕的嗓音說：

「……看妳說得這麼篤定，讓我有點羨慕。」

「啊～～……」

至此，春希啞口無言。

她望著有些落寞的沙紀。

雖然想說點什麼，卻又不知該說什麼才好，因此她也眉頭緊蹙。

「對、對不起，都怪我忽然說這種奇怪的話……！」

「不不不，那個，呃……」

說完，沙紀害羞地低下頭去。春希拚命在口中斟酌字句，試圖拼湊出一句話，卻還是說不出適合的話語。

她「嗯～」地沉吟了一會，再次看向沙紀。

雖然還留有一絲稚氣，但她的五官依然美麗又端正，配上顏色稍淺的髮色和肌膚，呈現出一股神祕的氛圍，完全是個美少女。

胸圍雖然不像未萌那麼雄偉，卻也彰顯著存在感，身材也不錯。

性格也敦厚耿直。不只在人前人後都是隼人的好幫手，春希也經常看到月野瀨村民對她愛護有加。

沒錯，她是個「好女孩」。

從客觀角度來看，根本看不出沙紀在追求隼人，彷彿沒這回事。

當面交流說不到幾句話，煮飯或烤肉時，也只是將準備好的必要道具放在他手邊。母羊生產時，各種事前調度也是由她負責，比如聯絡獸醫、請家人帶必要的工具過來等等。她總在背後偷偷煩惱，當事人根本毫不知情。

對隼人來說，或許很難察覺吧。

但只要退一步觀察，就能明顯看出沙紀的心都繫在他身上。

春希的心中五味雜陳。所以她才感到好奇，將急速鼓脹的這股心情化成具體言詞，脫口而出。

「沙紀，妳是從什麼時候開始喜歡隼人的？」

「唔！不，那個、嗚～～……時、時間點已經記不清楚了，但契機應該是……」

「契機？」

「嗯……」

沙紀頓時變得面紅耳赤。

還忸怩地用食指在榻榻米上畫圈圈。

她時不時瞥向春希，用害羞卻又對珍貴寶物充滿驕傲的樣子，一五一十地對春希坦承，彷彿只想讓春希知道這個祕密。

「……因為他稱讚了我。」

「咦……？」

「我不知道神樂舞是為了什麼而跳，他卻誇我漂亮又帥氣。這輩子第一個稱讚我的人，就是哥哥。」

「……唔！這、這樣啊……」

沙紀露出靦腆的笑容，將手放在胸口，閉上眼睛。

那張笑容太過美麗，幾乎讓人看得入迷——她卻自嘲地皺起眉頭。

「就是這麼單純的契機，可是對我來說，意義非常重大……啊哈哈，我很傻吧。」

「哪有，才沒這回事！」

春希反射性地抓起沙紀的手，緊緊握住。

氣氛變得有些炙熱。

但春希不知該說些什麼，胸口也隱隱作痛。

唯一能確定的就是，看著如此一往情深的沙紀，春希實在沒辦法置身事外。

「欸欸，小春姊，妳看妳看！」

「「唔！」」

這時，沙紀房間的紙門忽然被猛地打開，兩人連忙拉開距離。

從門後現身的人是心太。

他手上拿著魚缸，裡頭用砂礫碎石鋪蓋成公園的模樣，還能看見幾隻溪蟹在裡頭嬉戲。

「心太，你做出溪蟹水族箱啦。」

「嗯，是我的自信之作！」

「哎呀，好可愛呢。」

為了收留這些抓到的溪蟹，春希建議心太做做看。

看來在春希她們準備禮物的這段期間，心太也在製作水族箱。

「我還特別用石頭圍出池塘喔——！」

有些羞澀卻帶點炫耀的語氣，跟他堂姊(沙紀)剛才的樣子如出一轍。

輕笑出聲的春希和沙紀四目相接，隨後又相視而笑。

為了把生日禮物做完，這天她們也努力趕工到深夜。

回過神來，「春希」佇立在昏暗的灰色空間裡。

放眼望去空無一物，全世界只剩下她一個人。

一股窒息感莫名湧上心頭。

好想逃離這裡到其他地方去，只求擺脫這滯悶難受的感覺。

但她不知道該怎麼辦。

在纏繞著全身的凝重空氣中，她低著頭死命掙扎，拚命伸出手。

可是，她什麼也抓不住。

徒勞無功的過程重複了一次又一次。

她眼中一片虛無，心志也逐漸消磨殆盡。

『春希，過來這裡！』

『——咦？』

這時，忽然有人抓住她的手。

不顧春希困惑的反應，硬是將她拉了過去。

這個人到底是誰？春希疑惑地抬起頭，便有無數光芒灑落——

「——是夢啊。」

春希恢復了意識。

天似乎快要亮了，剛升起的微弱陽光從遮光窗簾的一角微微透進房間。

春希帶著剛睡醒的昏沉腦袋看向四周，發現這裡是昏暗陌生的和室女孩房，矮桌上還放著圍裙和手機殼。

結果她昨晚跟沙紀熬到很晚，直到把禮物做完才罷休。

「對喔，是那樣啊……咦？沙紀不見了……？」

這時，春希終於回想起昨晚在沙紀房裡睡著了。

但這間房的主人卻不見蹤影，棉被也折得整整齊齊。

看了看時間，還不到凌晨六點。這時間也可以再睡個回籠覺，但她現在一點也不睏。

她更好奇沙紀的行蹤，於是靜悄悄地走出房間。

「好暗……」

春希小聲呢喃。走廊上依舊黑暗寧靜，走起路來有些不穩。

她用手扶著牆，留意著周遭狀況往前走。

但每間房裡似乎都沒有人。

來到玄關後，她發現沙紀的草屐不見了。

「外出了嗎……喔，唔哇噗！」

打開玄關大門的瞬間，春希的長髮被突如其來的強風吹得凌空飛揚。

她抬頭一看，發現厚重的雲層從南邊飄了過來。

「對了，前陣子未萌有說過，最近有颱風接近……」

春希壓住彷彿快要被強風吹跑的頭髮，走進神社境內。

樹木不安地搖擺不定，磨出沙沙聲，古老的神社也傳來吱吱嘎嘎的低響，彷彿在埋怨颱風即將過境的悲歌。

在一片令人毛骨悚然的山景中，春希看見拜殿安然無事地佇立在此。

她宛如深受吸引般踏入拜殿之中——

「唔！」

——周遭頓時轉變成神聖無比的氛圍，春希不禁屏息。

她的視線停留在拜殿深處，設置於稍高處的祭壇前方，一個木質地板的空間。

她的意識徹底被一襲巫女裝束，跳著神樂舞且充滿神祕感的少女——沙紀營造出來的世界吞沒。

衣袖舞動時充滿了聖潔，舞步莊嚴，時而奏響的清脆鈴聲，以及沙紀千變萬化的表情。

此為祭神儀式，是獻給供奉神祇的舞蹈。

本該是如此，但不知為何，春希卻覺得自己在欣賞一部戲。

這是關於一位地祇降臨此地，帶來了豐饒富足，卻對離去的天神心懷戀慕的奇譚。也是一名少女明知分離在所難免，卻依舊難以壓抑思慕的愛情故事。

讓身心焦灼難耐的思慕、對自身立場苦惱不已的急迫，以及面對終將一別的恐懼。

只靠沙紀一人，就能鮮明地演繹出這些形象。

春希無比震懾。

她看得出神，甚至忘記呼吸。

身體彷彿被釘在原地般僵住，完全移不開視線。

啊啊，難怪隼人會給出讚美。

因為沙紀身上帶著「真正的」熱情與色彩，只憑演技（算計）根本達不到這般境界。

與她相比，自己的表現簡直淺薄至極。

沙紀綻放的光芒燃燒著她的全身。

春希回想起沙紀昨晚說的話。

『……因為他稱讚了我。』

當時沙紀的表情美麗又可愛，完全貼合「女孩子」這種形容。就算想演出這種效果，也只會淪為冒牌貨吧。

——沒錯，她本能地參透了這一點。

因為深埋在這些舉止背後的情意——

「——啊。」

春希的心跳得飛快，雜亂失序的胸口傳來陣陣痛楚。

她用力咬緊牙關，緊緊揪住上衣的胸口處，結果讓立在一旁的掃把「喀噠」一聲倒了下來。

「唔！誰在那裡～～！」

「……啊！」

沙紀發現了動靜。

春希的腦中彷彿被颱風肆虐，甚至無法好好思考。

只是被發現了而已，沒什麼大不了的。

但春希不知該用什麼表情面對沙紀。

所以為了逃離現場，她拔腿就跑。

「……我在幹嘛啊。」

跑出神社後，春希漫無目的地在月野瀨到處亂走。

這裡的路不像都市那樣鋪設整齊，四處都有小石子。

她用腳尖將映入眼簾的石頭輕輕一踢，石頭就消失在田埂路的雜草之中。

她嘆了一口氣，仰望天空，發現北方的澄澈藍天，正一點一點地被西南方飄來的潮濕稀薄雲層逐步侵蝕。

日照不強，村裡十分寧靜。

走過平常總是嘈雜的雞舍，雖然能感受到氣息，卻也是一片寂靜。

「…………啊。」

此趟路程本該毫無目的，春希卻看到了村中唯一的郵筒。延伸至月野瀨各地的五條道路匯集而成的路口處有塊空地，郵筒就設置在空地一隅。她緊揪住上衣的胸口處。

過去年幼的「春希」在尋求去處，但哪裡也去不了時，就會抱著腿坐在這裡。

而且——

「春希？」

「隼、人……？」

這時，傳來腳踏車的煞車聲。

春希循著聲音來源望去，發現了隼人的身影。

雙方都帶著驚慌失措的表情，疑惑地眨著眼睛。

「妳一大早跑來這裡做什麼？散步嗎？但妳還穿著家居服耶。」

「嗯，啊哈哈，就是想出來走走嘛。隼人你呢？這麼早起來做什麼？」

「我有點擔心源爺爺的田。喏，他不是一個人住嗎？颱風要來的時候，我都會幫他做點防颱準備。」

「喔，這樣啊，真像你會做的事。」

「這是什麼意思啊？」

「就是字面上的意思啊，啊哈！」

春希輕聲笑道。

她往腳踏車籃看了一眼，裡頭放著布手套和移植鏟，應該是隼人自備的。

隼人一臉不解地皺著眉頭。

「對了，未萌也說過要做防颱措施。我問你，具體來說該做些什麼啊？」

「把土收攏以免幼苗倒場、疏通排水系統、架起防風罩、補強支柱，還有把能採收的作物盡量採收下來，事情滿多的。」

「原來如此～～」

春希雙手環胸地點點頭。光聽就覺得是件苦差事。

這樣的話，應該越多人幫忙越好吧。

而且她剛才沒留下一句話就跑出神社了。

回到沙紀家後，也可以用「去田裡幫忙防颱準備」的藉口開脫。

「欸，隼……隼、人……？」

春希抬起頭再次看向隼人，發現他盯著郵筒旁邊看。

他的眼神格外嚴肅又銳利，還帶著一抹念舊之情，讓春希心跳加快。

「……」

「……」

不知怎地，竟一句話都說不出來。

兩人默默地看向那個地方。

他們心裡想的一定是同一件事吧。

「以前我就是在這裡第一次遇見春希的吧。」

「……嗯，我記得很清楚。」

「就某種層面而言，這裡算是月野瀨最醒目的地方。」

「抱著膝蓋蹲坐在這種地方，想讓大家看到我的存在。當時的我真的很傻呢。」

「看到妳的時候，我還覺得『這傢伙在幹嘛啊』。」

「……啊哈哈。」

說完，隼人露出苦笑。

勾起往日回憶的春希也跟著滿臉通紅地苦笑。

當時她還只是個孩子，所以也無可厚非，但春希覺得自己相當幼稚。

痛苦又難受、無法相信任何人，卻又渴望他人伸出援手。

那個時候，除了抱著膝蓋蹲坐在那裡，她不知道還能怎麼做。

第一次被隼人搭話時，自己又是什麼樣的心情呢？

「我啊，當時看『春希』超不爽的。」

「隼人？」

「我覺得妳幹嘛老是一臉厭世、散發出可憐兮兮的感覺，好像整天都在氣頭上。」

「那是……」

隼人忽然凝視著她的臉。

用剛才那雙格外嚴肅又銳利、充滿念舊的眼眸。

看了一會後，隼人又淘氣地咧嘴一笑。

「所以啊，我也看現在的春希超不爽的！」

「咪呀！」

隼人一把抓住春希的手，將她硬拉過來。

被迫坐上腳踏車的貨架後，隼人不顧春希的困惑，直接踩下踏板騎了出去。

「妳要抓緊喔～～！」

「隼人～～！」

隼人用腳踏車載著春希，得意洋洋地踩著踏板。

騎在完全未經鋪設的路上，車身不穩地晃個不停。

但隼人還是騎得飛快。

郵筒轉眼間就離得好遠，取而代之的是四周綠油油的田園景色。

為了不被甩下車，春希雙手環著隼人的腰，死命抱緊，並用抗議的口氣高聲喊道：

「等等、隼人，太快了啦！」

「要快一點才能保持平衡啊！」

「呃，為什麼要故意騎在農用道路上！」

「在公路上雙載會被警察抓啊！」

「別說警察了，這裡的巡邏工作都是由當地的巡守隊負責的，而且連最近的派出所都得跨越好幾座山才到得了吧！」

「哈哈，說得也是！」

「真是的～～！」

隼人和春希一路閒聊，腳踏車也載著兩人繼續往前行。

沒過多久，眼前出現了一條小河。

河上有一座橋，離河面約有一間庫房的高度，大概有雙線道的斑馬線這麼長，是這一帶常見的民生用小橋。

「對了，春希。妳以前常常從那座橋跳進河裡吧！而且都用很奇怪的姿勢！」

「唔！那、那是……從、從電視節目學來的，呃……」

「哈哈，我也會被妳抓著一起跳下去，搞得全身溼答答的！」

「感、感覺很爽快嘛，我當時覺得一定要讓你體驗一下！」

「現在回想起來，其實很危險耶～～！」

「小、小孩子就是這樣嘛！」

隼人語帶調侃地提起小時候的往事，春希就加重力道緊緊扣住隼人的腰，表示抗議。

或許是覺得春希的反應很好笑，隼人的肩膀頻頻顫動，騎過了那座橋。

離開小河後，隼人騎在山腳的小路上，往都市所在的東邊前進。

這次出現的是鐵皮屋頂的廢棄工廠和資材堆積場，外觀老舊，跟學校差不多大。

「好懷念這裡喔！以前是不是木材加工廠之類的？我們常常偷跑進去探險吧！」

「我記得你以前超愛用廢棄木材做木刀吧？」

「沒錯，我做了好幾種劍。不過春希，妳是不是也做過一把在裝飾上下足功夫的劍？名字好像叫『暗黑星輝劍克拉烏．索拉斯．阿斯卡隆村正！』」

「呀～～！！？？！？我該為我以前的中二行為感到羞恥，還是該吐槽你居然記得這麼清楚啊！隼人，你也做過一把『米斯特汀．絕對威權Ｘ１０Ａ』啊！Ｘ１０Ａ這名字是哪裡來的啊！」

「唔！就是那個、那個啦，那個！話說，我們都把這件事忘了吧！」

「明明是你先提起的耶，可惡～～！」

「哈哈、啊哈哈哈哈哈哈！」

「…………啊哈！」

不知不覺騎過廢棄工廠時，兩人都放聲大笑，就像過去那樣。

接下來的時間，他們也一邊騎車一邊閒聊。

在腳踏車上看見的景色中，民宅數量越變越少。

騎出村子後，能看見位於登山口附近的小祠堂。

這座小小的祠堂自古以來就供奉著六地藏，只有簡單的屋頂作為遮擋。

此處是環繞月野瀨的群山山腳，後方則是一大片蓊鬱山林。

騎到這裡，隼人跳下腳踏車，春希也跟著下車。

隨後，隼人瞇起眼睛，用有些懷舊的口氣低聲說道：

「對了，以前為了追源爺爺逃跑的羊，我們還追到這裡呢。幸好沒讓牠逃進山裡。」

「六地藏雖然容身於小祠堂，但因為鎮守在村子的邊界，所以也聽說祂們會保護村子。搞不好就是因為這樣，羊咩咩才只能跑到這裡來。」

「或許吧，不過妳還真清楚呢，不愧是資優生。而且當時姬子去找源爺爺過來時，中途是不是還迷路了？」

「對對對，源爺爺看到她在嚎啕大哭，就順便用小貨車載她過來了。」

「回到家以後她還是哭個不停，嘴裡喊著『羊羊～～迷路～～嗚哇～～』，我就被罵了，叫我不准惹哭妹妹。」

「啊哈，完全能想像到當時的場面。」

閉上眼後浮現在腦海中的場景，是被母親真由美劈頭痛罵、眼眶含淚的「隼人」，以及在一旁繼續啼哭的「姬子」。這一定是家家戶戶常見的熟悉畫面。

光是想像就讓人會心一笑，春希的嘴角緩緩上揚。

但反過來說，當時的自己又是如何呢？

『又弄得渾身髒兮兮才回來！妳不知道洗衣服很辛苦嗎！』

祖父母的拳頭伴隨著斥責砸了過來。

變得紅腫熱燙的臉頰，還有昏暗無光的走廊。

四隻冷冰冰的眼睛俯視著她。

只留下這些慘痛的回憶。

為了尋求白天快樂時光的片段，她經常在夜裡奔出家門，到神社境內的「祕密基地」。

春希不知不覺握著拳低下頭，眉頭緊蹙。

當她再度睜開眼，就和正在盯著自己的隼人四目相交。

「妳離開後，我學會騎腳踏車，身材變得高壯，體力變好，對地理狀況也熟悉不少，什麼地方都能去了……但也僅止於此。剩下我一個人之後，我什麼也沒做，也做不到。」

「咦？啊……嗯？」

「我試想了一下，不管是這座祠堂、剛才的廢棄工廠還是山裡的每一處……在那座都市裡也一樣，比如KTV、電影院、水上樂園和打工，每次造訪從未去過的地方、體驗新的事物時，我總是和春希在一起。」

「隼、人……？」

隼人帶點自嘲地這麼說，眉頭一皺，伸手搔搔頭，隨後又將視線移向眼前那座隔絕了村子的山。

春希看不見他的表情，於是她也往山的方向看去。

那座山巍峨聳立，比都市裡能見到的每座山都還要高，將月野瀨與外界隔絕開來。

「我啊，一定是沒辦法獨立行事的膽小鬼。可是……不對，正因如此，我們現在就試著騎到那座山的另一頭吧，『搭檔』！」

「……………咦？」

事發突然，春希嚇得猛眨眼睛。

這個提議既突兀又毫無章法。

隼人轉頭看著她，臉上帶著天真無邪的笑容，和童年時期一樣頑皮。

簡直莫名其妙。

但聽他喊出「搭檔」兩字，又對自己伸出手，春希毫不猶豫，反射性地抓住隼人的手。

她根本沒理由拒絕。

最讓她無法理解的，是此刻心跳飛快的自己。

「好～～出發～～！」

「咦？等、等一下啦～～！」

隼人拉過她的手，再度踩動車輪。

要跨越月野瀨周邊群山的其中一條山脊路上。

隼人正咬緊牙關地踩著踏板，騎上蜿蜒的上坡路。

「唔咕喔喔喔喔喔喔喔喔喔！」

「你還好嗎！我還是下車吧！」

「不用，沒問題！要是妳現在下車，感覺就輸了！」

「啊哈，聽你這麼一說，我就能理解這種心情，沒辦法反駁了！」

春希站在後座腳踏板上，搭著隼人的肩膀笑了起來。

他們是第一次走這條路。

雖然分不清這是林業道路還是縣道，但也是未經鋪整的路面，有時還會被籃球大的落石擋住去路。

這種險峻的道路不知道哪裡好笑，春希和隼人騎車時竟笑了一整路。

下方是一片遼闊的河谷、山川以及樹林。

陌生的景色讓他們激動不已，嘴角也自然地勾起笑容。

儼然是一趟冒險之旅。

東方依舊碧空如洗，逐漸攀升到正上方的太陽光從枝葉間篩落而下，時而吹來的西南風也是順風。

「嗚哇！」

「呀啊！」

這時，忽然有一隻鹿從山裡衝了出來。

隼人緊急按下煞車，春希也往後跳下車。

鹿也因為受到驚嚇而愣在原地，與兩人面面相覷。

但不出幾秒，鹿瞄了他們一眼後，就往山谷的樹叢裡縱身一躍。啞口無言的隼人低聲說道：

「……真沒想到會被鹿惡意逼車。」

「噗噗！你在說什麼啦，隼人，居然說鹿惡意逼車！」

「在月野瀨才會碰上這種事，哈哈。」

「嗯嗯，畢竟是鄉下的路嘛，啊哈！」

春希和隼人相視而笑。

回到都市後，這一定可以當成絕佳的旅途見聞。

兩人笑了好一陣子，之後重新扶起腳踏車，打算繼續奔馳。

但在雙載的狀況，要爬上坡實在太困難了。

在歷經苦戰與反覆嘗試後，春希決定從後面推著貨架，讓車加速後再跳上車。靠著這個宛如雜技的方法，腳踏車再度往前邁進。

「真厲害，妳真的是猴子耶！」

「唔，你說誰是像猴子或猩猩一樣的莽漢啊！」

「我哪有說到那種地步！」

「不對，你就是說了，在心裡偷偷說的！」

「竟敢窺探我的心思！既然會讀心術，那就看看我現在在想什麼啊！」

「『如果騎電動自行車，上坡也會很輕鬆吧……果然還是得趕快考到駕照，買一台電動自行車才行，要買便宜的二手貨！』，對不對！」

「……幾乎猜對了，妳還真了解我。」

「唔嘻嘻，因為我現在也在想這件事。」

「原來是這樣喔！也對，如果有電動自行車，就可以輕輕鬆鬆騎到比腳踏車更遠的地方了吧。」

「……搞不好可以在那邊和這邊（都市和鄉下）往返喔。」

「這個嘛……不好說。」

隼人沒辦法立刻給出答案。

搭乘新幹線再轉公車大概需要半天，開車的話得花上整整一天。雖然電動自行車這個方法可行，但勢必得找個地方住一晚吧，光這趟路就算是一趟小旅行了。

都市和鄉下就是如此遙遠。

「春希」和「隼人」就是相隔著這麼長的距離。

而且過不到幾天，他們和沙紀就會變得遙不可及。

春希忽然想起剛才沙紀跳神樂舞時的表情。

她究竟是懷抱著什麼樣的心情在跳舞呢？

接著，春希又想起剛搬到都市的時候。

幾乎不回家的母親。

獨自一人待在黑漆漆的家裡。

在群體生活中依舊感到孤獨的小學時期。

根本沒有歸屬感。

又好想念「隼人」。

她總是帶著煎熬無比的思念抱膝蹲坐著，為了壓抑這份心思，她成天埋首於讀書、打電動和嗜好之中，過著有些扭曲的每一天。

可是，即使如此。

渴望、孤獨、焦躁與絕望——懷抱著這些痛楚，沙紀卻還能跳出那麼美的神樂舞。

……且飽含了她純粹的心思。

她對隼人的情意到底有多深呢？

思及此，春希的胸口就悶得難受，無法置身事外。

眼前的隼人正在拚命踩動車輪。

隔著放在肩膀上的掌心，可以感受到肌肉的躍動。

好寬闊的背影。

春希翻閱童年的記憶，發現自己常常看著隼人的背影。

她一秒也不想分開，緊緊搭在肩上的手無意識地加重了力道，並說出自己的心情。

「……月野瀨真的好遠啊。」

「是啊，確實很遠。」

「開學以後，就不能隨時見到沙紀了。」

「下次見面要等到冬天了吧。」

「四個月太長了……」

說完，春希抬頭看著天空，已經被西南方逐步逼近的稀薄雲層占據了大半。為了避開這些雲層，他們一路往東前進。

兩人默默無言，只剩下車輪轉動的轆轆聲。

這時，隼人忽然開口：

「春希，妳跟村尾，呃，感情變得很好耶。」

「……咦？」

「畢竟妳選擇住在神社，不是住在我們家，除此之外好像還做了很多事……」

「隼人……？」

「該怎麼說呢，妳跟末萌也是這樣，但多幾個朋友也不是壞事。啊啊，真是的！」

「嗚哇！」

隼人這句話像在鬧彆扭。

他忽然站起身子，更用力地踩著踏板。不知是不是春希的錯覺，他的耳朵通紅一片。

春希驚訝地看著隼人的反應，理解其中的意義後，一股衝動也隨即湧上心頭，讓她笑逐顏開。

「啊哈、啊哈哈哈哈！怎麼？隼人，難道你在吃醋嗎？是嗎？」

「這！哪、哪有啊，呃，該怎麼說……」

「嗯～～是不是『看到女孩們聚在一起，有種被排擠在外的感覺，讓你難以釋懷』？」

「……不要窺探我的心思啦！」

「呵呵，啊哈！隼人，你也有這麼可愛的一面啊～～」

「啊啊，可惡，閉嘴啦！」

被春希這麼一笑，隼人就激動起來，加快了騎車的速度。

完全是在掩飾害羞的舉動。

腳踏車「喀噠喀噠」地搖個不停，車上的兩人也頻頻顫動肩膀。

不知不覺中，笑容又回到臉上了。

加速的腳踏車終於到達山頂，穿過了山脊路。

「這……」

「……天啊。」

映入眼簾的畫面，讓兩人不禁屏息。

眼前是一片廣闊無垠的水面。

這是一座巨大的湖泊，恐怕可以容納整個月野瀨村。沐浴在朝陽下的湖面，宛如寶石般閃閃發光。

實在無法想像能在山裡看到這種壯觀的景色。

兩人不約而同地跳下車，對眼前的畫面深深著迷，幾乎忘了言語。

驚愕、興奮、感激等種種情感在心中激盪，融合為一。

若在毫無預期的狀況下發現隱藏的寶物，肯定也是這種心情吧。

「隼人，你看那邊！」

「那座建築是……噢，原來如此，這裡是水壩吧……這麼說來，小學好像有學過。」

「是水壩湖啊……不過還真大耶。」

「是啊……」

「這些水會流到海裡吧？」

「應該會，不過……居然是在這種深山裡，根本無法想像。」

「而且，這裡還會為居住在下游的幾百萬人提供民生水源吧？」

「……感覺格局大到有點莫名其妙了。」

「……我也覺得。」

他們匯集這些學來的知識，試圖說服自己接受眼前的景色，卻遲遲無法成功。

前陣子去的水上樂園雖然也很大，但這座水壩的儲水量實在太驚人了，根本無法相提並論，實在很難相信是由人工打造而成。

雖然大受震撼，兩人的視線依舊緊盯著這座水壩。

不發一語，就只是呆站在原地。

朝陽照射在兩人身上，吹拂而來的風在水壩湖面上掀起漣漪。

與眼前的景色相比，人類的存在是不是渺小至極？

春希心中湧現出步伐不穩般的惶恐心情。

她將視線一轉，便看見隼人的背影。

從剛才——不，是從小時候就一路看到現在的那個背影。

右手像是被吸引過去一般，抓住了隼人的上衣背後。

「——喜歡。」

接著，春希說出自己也沒料想到的那句話。

她難以置信地眨著眼睛。

隼人一臉疑惑地轉頭看著她。

「春希？」

「咦？啊，呃，我是說，你的背影！以前隼人老是拖著我到處跑，所以我都跟在你身後，看遍了眼前這種壯觀的景色。」

「我有拖著妳到處跑嗎？」

「有啊。所以，我很喜歡隼人的背影……」

「……唔！這、這樣啊。」

「呵呵。」

聽春希這麼說，隼人面紅耳赤地搔搔頭，將視線轉回前方，嘴裡還發出「啊～～」、「唔～～」的低吟聲。

春希將手放上胸口，站在他身邊。

隼人放下手後嘆了一口氣，接著瞇起眼睛。

「這個景色很壯觀吧，未來一定會變成難以忘懷的回憶。」

「嗯，是啊，我也這麼認為。」

「可是，要不是有妳在，我也不會來這裡看到這片景色。因為妳是我的探險搭檔，我才有幸一見。」

「隼人……？」

說完，隼人笑了。

無憂無慮，像童年時天真無邪的笑容。

跟過去用「搭檔」稱呼春希，帶著她到處跑的表情如出一轍。

啊啊，這一定是只會在春希面前展現的表情吧。

所以春希也跟著咧嘴一笑，像童年時一樣帶著一絲淘氣。

心臟怦通怦通地跳個不停。

隼人似乎覺得有點害羞，吞吞吐吐地說：

「啊～～呃，該怎麼說呢。看春希露出這種笑容，我也、呃，很喜歡……吧……」

「啥！咦……啊……」

冷不防地聽他這麼一說，春希腦袋忽然一片空白，嚇得愣在原地。但這句話慢慢流進心坎裡後，春希發現自己的血液直衝腦門，頭頂似乎要冒煙了。

隼人也不遑多讓，兩人的臉都紅得像煮熟的章魚般，低下頭不發一語，現場瀰漫著尷尬的氣氛。

心臟跳得飛快。

但這種感覺並不壞。

隨後，隼人用食指搔搔臉頰，十分自然地像過去那樣伸出手，想要撫摸春希的頭——但春希輕輕抓住他的手制止了。

「……春希？」

「這樣……不行。」

「不行……？」

隼人沒料到春希會阻止他，臉上寫滿了疑惑。

春希有些為難地皺起眉，用難以言喻的嗓音道出了理由。

「要是你現在把我當成妹妹（小姬），我會變成『女孩子』啊。」

這句話也透露出春希自身的困惑。

但她只能這樣解釋。

隼人訝異地眨眨眼，隨後別開目光說了聲「抱歉」。

春希回答：「這不是你的問題……」同時將視線移向水面。

水壩湖面倒映出上下顛倒的山巒與天空，在朝陽照射下變得金燦燦的。

春希深深嘆了一口氣。

她緊緊抓著隼人的衣袖，欲言又止地說出自己的願望。

「欸，隼人，我想請你陪我去一個地方。」

原本在東方天空的太陽逐漸被雲層完全掩蓋。
吹來的風也有增強的趨勢。
再過幾小時，暴風雨應該就會來了。
「最近常常聽到鄉下的空屋問題吧。」
「這裡是……」
「對，曾經是我爺爺的家。」
春希和隼人一同來到過去居住過的祖父母家。
在月野瀨也算是相當雄偉的建築，外觀老舊，有些窗戶玻璃都破了，不斷有風從破口吹進來。
整間房子破舊到用廢棄房屋來形容也不為過，庭院也是雜草叢生。
現在風時不時吹來，屋身就會發出「喀嗟喀嗟」的搖晃聲響，要是受到颱風直擊又會如何？光看就讓人焦躁不安。
「……」
「……」

春希緊緊揪著衣襬。

她在這個家淨是不好的回憶，但看到房子比記憶中還要破敗的模樣，心中就會湧現一股莫名的思緒，讓她不知如何是好。

她自己也不知道為什麼要過來這裡。

可以確定的是，如果只有自己一個人，她絕對不可能過來。

但正因為有過去的累積，才能造就今天的自己，這也是事實。

春希露出一言難盡的表情，嘆了一口氣。

這時，旁邊傳來「喀鏘」一聲。

春希循聲望去，發現隼人立起腳踏車的側柱，並將視線望向遠方的山——也就是由二階堂家主導開發卻中途停擺，後來被他們稱為「岩柱戰場」遊玩的地方。隼人盯著那一處，用相當凝重的語氣說：

「我想聽聽春希當時的遭遇。」

「隼、人……」

春希心跳漏了一拍，倒抽一口氣。

她將緊緊抓住的衣襬往下拉。

她一時語塞，不知從何開口。

說到底，其中有些往事連春希自己也不敢面對。

春希細細斟酌心中的紊亂思緒，努力擠出聲音回答：

「我覺得那些事都滿無聊的耶。」

「但那畢竟是妳的往事，我也想成為妳心中真正『特別的存在』。」

「……唔！」

春希的腦袋頓時一片空白，雙肩猛地一震。

過去春希也對隼人說過同樣的話。

春希回過頭，發現隼人緊盯著自己，眼神中充滿真摯之情。兩人凝望著彼此。

這句話也代表他要跨過那條線，將過往含糊不清的部分弄清楚。

「……啊哈，你這說法很卑鄙耶。」

「因為我真的很想知道。」

「……」

「……」

春希心裡也明白，總有一天得面對這些事，才能繼續往前走。

她嘆了一大口氣，似乎放棄了抵抗。

「過來吧。」

接著，她走進宅邸腹地。

隼人默默地跟在後頭，兩人通過主屋的入口，再走到鄰接的倉庫前面。倉庫的外觀比主屋還要老舊。

旁邊還有一株巨大的古木，散發出濃濃的年代感。

每一處都如此殘破不堪。

不僅倉庫外牆的灰泥塗料早已斑駁，到處都能看見竹製骨架裸露在外。

二樓小窗戶的鐵窗和玻璃也全數脫落，任由風吹雨淋。

正因為這座倉庫蓋得又大又堅固，處處破敗的樣子才顯得哀戚。

「嗯～～應該沒問題吧？……嘿咻！」

「唔！啊，喂、春希！」

說完，春希看了看自己的身體和倉庫旁的大樹進行確認後，將隼人驚恐的制止聲拋在腦後，一轉眼就熟練地爬到樹上。

她用流暢的動作攀向損壞的小窗，卻忽然停下動作，似乎有些擔心，但還是將身體鑽了進去。整個過程不過短短幾秒。

隼人被嚇得愣在原地，隨後倉庫中就傳出春希「喔哇～～！」的叫聲，還伴隨著「匡噹咚啪」這種東西倒塌的巨大聲響。

過了一會，倉庫的半邊大門才「嘰嘰嘰」地敞開。

頂著蜘蛛網、渾身上下都是灰塵的春希，露出尷尬至極的表情。

「呃，原來、沒上鎖啊……」

「……噗！啊哈哈哈哈！」

「喂，不准笑～～！」

春希嘟起嘴唇將臉別向一旁，像在鬧彆扭。

見狀，隼人連忙說著「抱歉抱歉」安撫春希，她才吐了一口氣。將倉庫大門完全打開，春希把隼人叫進來。

「歡迎來到我以前的房間。」

「房間……」

「這裡都沒什麼變耶。」

「…………！」

看到眼前的景象，隼人不禁皺起眉頭。

竄入鼻腔的潮濕霉味，應該是因為窗戶壞掉了。

內部昏暗，還能在窗外灑進來的光線中看到飛舞的塵埃。

如今依舊搖搖欲墜的樑柱，和外牆一樣骨架裸露的土牆。

四處堆放著一看就知道壞掉了的衣櫃、桌子等家具。

缺角的餐具充滿年代感，還有只在教科書的資料中看過的木製農耕器具。

整間倉庫在在顯示出：此處堆滿了「不要的東西」。

抬頭一看，類似閣樓的二樓部分灑滿了光芒，很容易就能想像出下雨天的慘狀。

根本無法想像這裡是人住的地方。

年幼的孩子就更不用說了。

春希刻意忽視隼人啞口無言的反應，神情僵硬地露出苦笑，並用眼神示意倉庫一角。

「那裡是我的床，但說是『老巢』或『狗窩』可能會更貼切。」

「……」

那個地方放著層層堆疊的老舊榻榻米。

表面都已經破損起毛邊了，到處都是被太陽曬過的痕跡和髒汙。

旁邊還有一條破破爛爛的毛巾，可能是棉被的替代品。

還有一些狀況比周遭相對良好的家具，以及區隔用的屏風，將整個空間營造成房間的模樣。

「這裡還是有跟主屋相通啦。」

「……可是這……」

「…………嗯。」

「……」

隼人神情凝重地把話吞了回去，雙手緊握著拳，用力到快掐出瘀血了。他用力咬緊牙關，表情也歪曲得很難看。

春希說得沒錯，能看到一扇與主屋相通的門。

但那扇門卻被巨大衣櫃掩蓋住一大半，小孩子根本不可能搬得動。

從門與衣櫃之間的縫隙來看，小孩或許還鑽得過去，大人應該很難通過。

這一幕如實呈現了春希和祖父母之間的關係。

春希卻刻意用滿不在乎的口吻說：

「我在爺爺奶奶面前，永遠都是面帶笑容。」

「……啊？」

「畢竟我能吃能睡，洗澡、更衣都不成問題嘛，但我當時應該把這輩子該吃的甜麵包吃完了。」

說到這裡，春希稍作停頓，撿起倒在地上的塑膠垃圾圓桶翻過來，有好幾個骯髒的塑膠袋從裡面滾落而下。

她用自嘲的語氣繼續說道：

「雖然當時他們都說我成天笑嘻嘻的很噁心，但現在回想起來，好像真是如此。」

「這……」

隼人本來想說點什麼，春希卻回過頭露出為難的笑容，彷彿要打斷他說的話。

「因為只要隨時保持微笑，就不會遭受任何委屈。所以搬到都市後，我也總是讓自己笑臉迎人，無論是在媽媽面前、同學面前，還是鄰居面前。」

「春希，妳……」

「嗯，沒錯。為了成為『人見人愛的好孩子』，我才會時時刻刻發揮演技（算計），把男孩子的口氣加以『矯正』，變成了『二階堂春希』。」

說完，春希尷尬一笑，彷彿在暗示話題告一段落。

壓抑自己的心情，做出可以順利熬過一切苦難的面具（笑容）——這個起源形塑出春希現在的模樣，也是年幼的「春希」找到的處世之道。

聽完春希的描述後，隼人變得面目猙獰，用手緊緊揪住胸口。

隨後他發出深長又顫抖的嘆息，彷彿要壓抑住衝上心頭的情緒。

「隼人……？」

「沒什、麼……」

「沒什麼……？」

「…………」

「……這樣啊。」

春希有些不知所措地看著隼人的臉龐，一句話都說不上來。

不對，隼人的表情已經透露了一切，根本無需言語。

她反而不希望隼人表現出不明朗的態度。

隼人完全接受了春希的過去。

光是這樣，就讓春希高興得無以復加。

隼人還是想傳達自己的心情，於是用力搔搔頭，緩緩開口說道：

「……那個，雖然我對當時的狀況不太清楚，但總覺得，妳應該可以再任性一點。」

「任性……？」

聞言，春希驚訝地眨眨眼睛。

碰巧的是，前幾天她也跟沙紀說過同樣的話。

但她現在對隼人的這句話絲毫沒有頭緒。

春希疑惑地歪過頭，隼人便露出更加凝重的表情咕噥道：

「現在回想起來，不論是在學校的避難場所、午餐時間，還是放學後一起打電動時，妳總會拘泥一些不必要的小事……啊啊，所以說！該怎麼形容啊！要是妳平常多多少少就會隨便胡來，往後我一定會被整得很慘！所以還是當我沒說吧！」

「等等，什麼意思啊！」

「哈哈，就是這個意思！」

「討厭～～！」

現場又變回了以往的和樂氣氛。

兩人都莞爾一笑。

心情也釋懷了幾分。

所以，春希忽然將心中的疑惑問出口。

「欸，隼人，可以問你一個問題嗎？」

「馬上就要耍任性了嗎？」

「任性……嗯，這樣算任性嗎？我也不清楚，其實這陣子，我經常思考一件事。」

「思考什麼？」

至此，春希稍作停頓。

她挺直背脊，將手放在胸前，看著隼人問道：

「現在的我，是『真正的我』嗎？」

「……咦？」

隼人瞠目結舌，頓時屏住呼吸。

看到隼人立刻瞪大雙眼盯著自己，春希知道自己正眉頭深鎖。

這個問題應該很難回答吧，畢竟連春希心中也沒有正確答案。

但她真的苦惱了很久。

說不定在隼人面前，自己也是——

簡直傻得可以，但有些時候，一開始思考起這些事就會沒完沒了。

尤其是在過度在意沙紀的情況下。

「……」

「……」

隼人似乎感受到了春希心中的迷惘，周遭的氣氛頓時變得難以言喻。

隼人一會面露難色，一會滿臉困惑，一會又擺出苦瓜臉，表情千變萬化。

看了隼人的反應，春希心想「太容易把心情寫在臉上了吧」，不禁輕笑。

仔細想想，這或許是有點刁難的提問。

隼人搖搖頭轉換思緒，準備開口時——卻聽見某個聲音。

「春——」

「噓！……有沒有聽到聲音？」

「……不是外面的風聲嗎？」

「嗯……二樓傳來的？」

那個聲音細小又微弱，卻又讓人莫名掛懷。

還讓心中最脆弱的部分隱隱作痛。

老實說，感覺不太舒服。但不知為何，他們就是沒辦法坐視不管。

在這股衝動的驅使下，兩人開始尋找聲音來源，爬上二樓。

他們將眼睛睜到最大，把耳朵徹底打開。

「————！」

「聽到了！」

「我也聽到了，在那邊！」

「……咦？」

在春希闖進倉庫時倒塌、堆疊的道具縫隙之間。

眼睛習慣黑暗後，終於捕捉到「那個東西」。

「小貓……？」

「…………喵。」

這隻小貓的毛皮混雜了黑、棕、白三色，體型小到幾乎能捧在手心裡，真的非常小。是不是母貓從春希闖進來的窗戶偷溜進來生下的？

可是到處都找不到母貓的蹤影。

不知是被母貓遺棄，還是母貓出外覓食時不幸喪生了。

但可以確定的是小貓渾身癱軟地趴臥在地，用盡全力拚命發出喵喵聲，想尋求幫助。

「……………啊。」

春希小心翼翼地抱起小貓，牠的體溫低得嚇人。

是不是還沒學會調節體溫？從掌心緩緩傳來的溫度，能感受到牠的生命即將凋零。春希無意間發現了這個事實，但小貓還是死命用爪子撓抓春希，試圖緊緊攀住她，用越來越微弱的叫聲努力傾訴。

「怎、怎怎、怎、怎麼辦啊，隼人？這孩子想活下來，所以拚命喊叫，吸引我們的注意，可是牠好小、好脆弱，又冷冰冰的！欸……欸！」

「春希！冷靜點！」

「再這樣下去，這孩子會死的！我該怎麼辦……不知道，我不知道啦！嗚嗚，這孩子這麼小，什麼都不會，卻還是想找人幫忙，可是我、根本無能為力，不要……我不要～～！」

春希在小貓身上看到自己的影子，情緒徹底失控。她的思緒完全追不上滿溢而出的雜亂心情，只能任憑擺布，忍不住流下眼淚號啕大哭。

得想辦法救救手心裡的小生命——唯獨這份類似使命感的情緒不斷在她腦海裡空轉。隼人搖晃她的肩膀拚命叫喚，她卻絲毫不能理解。

種種思緒和情感在她腦中亂成一團，眼前也變得一片黑暗。

「妳這蠢貨！」

「唔！」

但這時，春希頭上遭到一股強烈的撞擊，她才回過神來。

「痛死了，妳腦袋是石頭做的喔！」

「咦？什麼，隼人……？」

「妳還愣著幹什麼！算了，妳先深呼吸。來，吸氣、吐氣，快一點！」

「嗯、嗯……嘶、呼……嘶～呼～」

春希聽話地調整呼吸，視線變得越來越清晰，又刺又麻的額頭也讓頭腦冷靜下來。

眼前是雙手捧著自己的臉頰，眼角泛起淚光的隼人。

看來他剛才用頭撞了春希，很像以前的「隼人」會做的事。

可是他的眼神非常嚴肅，充滿不容分說的嚴厲，不知為何又帶著一絲安心。

「春希，我們要救這孩子！」

「……嗯！」

見到「隼人」大膽無畏的笑容，春希也跟著用力點點頭。

雖然毫無依據。

但不可思議的是，她覺得這隻小貓已經得救了。

陣陣強風敲打著民宅。

天空已經烏雲密布，將太陽藏了起來。

「春希姊姊去哪裡了啊……」

東張西望的沙紀在神社周邊四處徘徊，尋找不見蹤影的春希。

卻只看見親戚和氏子們在準備即將到來的祭典和防颱措施。

沙紀姑且上前問問，但他們也不清楚。

沙紀在祭典中負責神樂舞演出，所以沒有額外分配工作給她。

在如此忙碌的氣氛中，沙紀無所適從地四處走動。這時，手機鈴聲忽然響起，螢幕上顯示的是心上人（隼人）的名字。她頓時一驚，連忙按下接聽鍵。

『村尾，小貓現在很虛弱、很小，還在叫，要馬上想辦法救救牠。』

「哥、哥哥？」

『我現在在倉庫前面，二階堂家這裡，風很大，騎著腳踏車，春希抱著小貓。』

「那個，你先冷靜下來！你們現在在哪裡？還有——」

隼人平鋪直敘的聲音相當冷靜，內容卻支離破碎。

雖然困惑，沙紀還是仔細地問出了詳細狀況。

看樣子他們在照顧一隻小貓。

聽完整體狀況，沙紀決定先去跟隼人和春希會合，神情凝重的心太也小跑步跟在後頭。

他們約在村中央的郵筒前碰面，那裡是月野瀨最醒目的地方。

「哥哥！春希姊姊！」

「村尾！」「沙紀！」

「這孩子……！」

看到春希抱在胸前的小貓，沙紀的背脊竄過一股寒意。

渾身癱軟、毫無動靜，絲毫嗅不到生命氣息的無力毛皮。

不知何時會中斷的微弱呼吸，全身籠罩著濃厚的死亡陰影。

用不了多久，這個小生命肯定就會消失在遙不可及的地方。

沙紀聯想到兩個月前某一天忽然造訪的離別，回憶起當時的心情，她不禁退縮——這時，有人拉了拉她的巫女服衣袖。

「姊姊。」

泫然欲泣的心太，眼神中閃爍著不安的光芒。

——得救回小貓才行。

沙紀和隼人、春希對上視線，彼此點頭示意。能感受到他們跟自己是同樣的心情。

但她想不出什麼好點子。

沙紀他們才十四、十五歲，而心太只有七歲。

現場只瀰漫著參雜了焦躁感的沉默，但對小貓來說，時間就是明確的大敵。

指甲逐漸掐進緊握的拳頭裡。

「喂～～阿隼！阿春、阿紀跟阿心也在……？」

「哎呀，你們在這裡做什麼？颱風快來了喔！」

「「「唔！」」」

這時兼八叔叔開著小貨車出現了，副駕駛座上是他的太太。

「嗯？霧島小弟，你們在幹嘛？」

「嗯咩～」

「喔，沙紀，神社準備得怎麼樣啦？心太是今年的主角吧？」

「連颱風都來攪局……等一下，這隻小貓怎麼了！」

「沒事吧！都奄奄一息了耶！」

「我看看，怎麼回事！」

不僅如此，牽著羊的源爺爺和附近田裡的那些熟悉村民都紛紛上前，關心眼前狀況。應該是看到沙紀他們在醒目的地方一臉凝重，才會心生好奇吧。

話題立刻就轉移到春希抱著的小貓身上。

現場頓時一陣騷動。

「…………喵。」

這時，沙紀聽見小貓氣若游絲的叫聲。

努力燃燒剩餘的生命，喊出的求救聲。

牠拚命傳達出自己的心情，不像平常只會旁觀，一句話都說不出口的沙紀。

於是沙紀用力瞪大眼睛。

「那、那個！」

回過神來，她已經大吼出聲了。

騷動頓時平息，周遭的視線都集中在她身上。

她只是因為一時衝動才下意識脫口而出，根本不知道要說什麼才好。

但沙紀還是堅定地看向身旁的人們，努力把話說出口。

「源爺爺，能聯絡上之前母羊生產時來幫忙的那位獸醫嗎？」

「啊，好，但他處理過的幾乎都是家畜……不對，現在不是說這種話的時候。好，我來開車！春希，帶著這個小不點上車！」

「嗯、嗯！」

「咩～～！」

「我、我也要去！」

「心太也要去嗎！算了，上來吧！」

「兼八叔叔，麻煩你帶我去買點小貓的食物和可能會需要的東西！我現在馬上查！」

「沙紀？」

「好了，你趕快帶沙紀過去吧……喂，錢怎麼辦？」

「啊，拿我的錢包去吧！」

「可以嗎！」

「呀哈哈，這點小事當然可以啊！但阿源和兼八的田……」

「那邊我去處理吧。我本來就是為了這件事才出門的！」

「拜託你啦，霧島小弟！」

以沙紀這句話為開端，掀起了巨大的連鎖反應，轉眼間大家就漸漸達成共識，就像祭典一樣，而中心人物就是沙紀。

沙紀——這位在當地代代相傳的神社巫女，將眾人的意見和想法彙整後開口：

「救救這孩子吧！」

「喔！」「好！」「包在我身上！」「老頭子，別衝過頭啦！」「要是腰痛復發，我可不管喔！」「你說誰會腰痛啊！」「呀哈哈！」

在七嘴八舌的話語背後，集結了眾人的心意。

◇◇◇

暴風雨「沙沙沙」地發出巨大聲響，敲擊地面。

月野瀨的山也狂風大作，彷彿一場失控的盛宴。

天空已經布滿漆黑厚重的雲層，明明離傍晚還有一段時間，黑影卻籠罩了整個世界。

隼人在暴風雨中騎著腳踏車狂奔，全身都濕透了。

「可惡！」

田地總算是整頓完畢了。

可是淋了雨又沒吃午餐的身體變得虛弱無力，踏板踩起來格外沉重。

即使如此，要是不讓身體動起來，他就更緊張不安。

小貓現在的情況怎麼樣了？

在那之後，他還沒接到任何消息。

「我回來了！」

一回到家，他就直奔盥洗室，在走廊上留下一堆水漬。

他迅速擦乾身體、換套衣服、加熱洗澡水，才終於安下心。

這時，手機鈴聲響起。

『哥哥，小貓沒事了！』

「村尾！這樣啊，太好了！」

『抱歉，說得這麼倉促，但我還得聯絡其他人才行！』
「知道了，妳之後再把細節告訴我。」
『好！』
掛上電話後，隼人也鬆了一口氣。
身體放鬆的同時，疲勞感也頓時湧現而出。
渾身顫抖，頭也好重。他皺著眉搖搖頭，想把這些不適感甩出腦海。
「哥，你回來了嗎～～？」
客廳傳來姬子的聲音，她發現隼人回來了。
語氣平淡的這句話中，透出一絲不安的氣息。
姬子雖然活潑外向，卻很怕寂寞。
因為經歷過媽媽的病情，這種下雨的日子會讓她更加恐懼。
所以隼人努力用明朗的聲音回答：
「對，我去田裡幫忙做防颱準備。還有……奇怪……？」
但他只能發出嘶啞的聲音。
世界開始天旋地轉。

身體像灌了鉛一樣沉重，還不斷發冷、打起哆嗦。

得再說點什麼才行——然而事與願違，隼人「咚」一聲摔在地上，失去了意識。

「——好，也謝謝源爺爺……呼，這樣就都聯絡好了吧？」

沙紀用走廊上的家用電話打給剛才幫忙救小貓的所有人致謝，至此終於告一段落。

走廊一片昏暗，能聽見颱風敲打屋頂的聲音。

沙紀嘆了一口氣，走回自己的房間。

被毯子裹住的小貓躺在房間角落的紙箱中，規律地發出沉睡的鼻息。可愛又安祥的模樣足以讓見者會心一笑。

「…………」

儘管如此，春希依舊神情凝重地看著小貓。

沙紀拉開拉門走進房間。

看著小貓的睡臉，沙紀臉上露出嬌憨的笑容，坐在春希身旁說道：

「牠睡得好熟啊。呃，是低血糖和脫水症狀嗎？」

「嗯，好像是長時間沒有進食，醫生說只要適當保暖，再餵一點貓奶就沒事了，還說這孩子比想像中還要堅強。」

「這樣啊。太好了，小貓貓……呵呵。」

說完，沙紀用食指小心翼翼地碰觸熟睡小貓的耳朵。

小貓似乎覺得很癢，耳朵動了一下。沙紀「哇！」的一聲，雙眼充滿了光芒。

幼小的生命。

沙紀垂下眼角鬆了一口氣，彷彿為小貓的得救感到無比慶幸。

找了一堆人幫忙，從上到下都忙翻天，但接到道謝電話的每個人都說「太好了」。看著眼前的小貓，沙紀真的十分欣慰。

「沙紀，對不起……」

「唔咦？」

沙紀瞇起眼睛時，春希忽然開口道歉。

沙紀疑惑地看向春希的側臉，發現她臉色陰鬱地看著小貓。

察覺到沙紀的視線後，春希勉強擠出笑容，有氣無力地說：

「那個，因為我的一時任性，把這麼多人牽扯進來，而且我自己什麼也沒做，只顧著慌慌張張的，把所有事都丟給大家……給你們添麻煩了。」

春希深深地低下頭。

肩膀也縮得小小的，帶著一絲顫抖。

看起來就像害怕被責備的孩子——這時，沙紀忽然看見在月光照耀下，抱膝蹲坐在向日葵花海裡的年幼「春希」。

看到那個可望不可及，卻又讓她無法輕言放棄的身影。

所以沙紀反射性地緊緊從上方抱住春希。

「妳沒有添麻煩。」

「沙、沙紀！」

「我們是因為想救牠，才會伸出援手的，不論是我、小姬、哥哥、心太、源爺爺、兼八叔叔還是獸醫，羊咩咩們一定也是……春希姊姊，妳只是那個契機而已。」

「是、是嗎……？」

「有人一臉不情願的樣子嗎？有人覺得小貓死了也無所謂嗎？得知小貓平安無事後，有人不開心嗎？」

「沒、沒有，大家都很慶幸……」

沙紀溫柔地撫摸擁在懷中的春希的頭，想將自己的心情傳遞給她。春希肩頭一震，卻又像解除戒心的貓一樣渾身放鬆，將自己交給沙紀。

過了一會，將臉埋在沙紀胸前的春希，緊緊抓住沙紀的衣襬。

「可是我又想到……養在我家會被媽媽發現，所以行不通；隼人他們住在公寓，也不能養寵物！我是因為想救牠才會伸出援手，卻是基於這種任性但不負責任的心情！我這種人、真的、太差勁了！」

春希像在責怪自己般放聲大吼。

能聽出她的聲音裡充斥著無處宣洩的種種感情。

看著這樣的春希，沙紀眨眨眼——接著皺起眉頭。

然後，她一拳打在春希頭上。

「嘿！」

「唔！」

「春希姊姊，妳好傻啊。」

「沙、紀……？」

春希抬起頭，發現沙紀面有慍色地看著她。這次輪到她驚訝地眨起眼睛。

沙紀像捧住春希的雙手般緊緊握住，柳眉倒豎地開始說教。

「別把所有責任往自己身上攬，我們一定會幫這孩子找到飼主的。還是妳覺得『我們』不夠可靠？」

「怎、怎麼可能！但怎麼能麻煩……」

「源爺爺都說了『我家已經有一大堆羊，現在又要多一隻貓啦』，兼八叔叔的老婆也會幫忙四處詢問。我爸爸也興致勃勃，還去搜尋養貓的方法呢。妳根本不必替這孩子操心。」

「可、可是，那個……」

「如果妳還是放不下心，就先把這個人情『欠著』吧，下次我有困難或是要耍任性的時候，妳就要幫我……好嗎？」

「…………啊。」

說完，沙紀伸出小指，春希目不轉睛地盯著看，才戰戰兢兢地勾了上去。見沙紀面帶微笑，春希也回以羞赧的笑容。

隨後，春希發出夾雜著千萬思緒的嘆息。

「隼人說得沒錯，沙紀，妳真的是個『好女孩』。」

「咦？」

聽春希這麼一說，沙紀不禁心跳加速。

春希在勾著沙紀的小指上加重力道，直盯著沙紀。

「所以，我也喜歡沙紀。」

「唔！呃、呃，那個，我也、喜歡、春希姊姊、喔……」

「這麼漂亮可愛又溫柔的好女孩……假如我是男生，或許會喜歡上沙紀吧。」

「那、那個……啊唔唔……」

春希真實又純粹的心聲，重重墜入沙紀的心坎裡。

尤其是被春希這種美少女讚譽有加，沙紀的心跳如擂鼓般激動不已，難以冷靜。

看到沙紀面紅耳赤地低下頭，頭頂冒出熱氣的模樣，春希呵呵一笑，露出想到什麼的表情。

「我猜隼人也是這樣吧？」

「咦？」

「我來模擬一下好了。」

「春希、姊姊……？」

一說完這句話，春希身上的氣息就立刻變了。

切換速度俐落到連肌膚都能感受得到。

「『——村尾。』」

「唔！」

沙紀嚇得瞪大雙眼。

眼前的人是一位清純可愛的美少女，有著亮麗長髮、纖細身材、滑嫩白皙的肌膚，以及深邃有形的五官。

說話時的聲音也像搖晃銀鈴般可愛又悅耳。照理來說應該如此。

可是——沙紀看到了，她真的看到了。

沙紀變得六神無主，春希則勾起一抹溫柔笑容，用沒有勾著小指的手輕撫上她的臉頰，讓沙紀的背脊顫了一下。

沙紀的身體因為緊張而變得僵硬，肩膀一震，春希卻用憐愛的眼神凝視著她。除了小指之外，春希又用挑逗的動作纏上其他手指。

「『村尾，妳真美。』」

「咦、啊……」

聽了春希的台詞，沙紀的腦袋瞬間沸騰，意識和思緒都被掏空。春希逮到這個機會將臉湊了過去，沙紀反射性地想躲便將身子後仰，將手抵在身後。

看到這樣的沙紀，春希勾起一抹魅惑的輕笑。

「『真可愛。』」

「春——」

沙紀明明想接著說出「希」這個字，卻連名字都喊不出來。

她在春希身上看到了——的影子。

心跳失序到發痛的地步。

意識逐漸恍惚。

明明是跟剛才一樣的台詞，沙紀卻聽出了不同的意思。

「『村尾，我剛才也說了，我喜歡妳。』」

「啊……！」

說完，春希輕撫沙紀的肩膀，隨後將手探進浴衣領口，撫摸她的鎖骨。

沙紀的嘴裡發出連自己都不敢相信的甜美呻吟。

瞪得又圓又大的雙眼，看見春希用粉色舌尖舔舐脣瓣。

那副模樣彷彿極其淫蕩，卻妖媚惑人的肉食野獸。

徹底變成——的春希將臉湊近沙紀，在她耳邊輕輕呼氣，沙紀僅存的理智和疑惑立刻煙消雲散，就這麼被春希壓倒在地。

「真的好可愛。」

「……！」

她稍稍改變的嗓音讓沙紀不禁屏息。

春希跨坐在沙紀身上，將十指交纏的那隻手壓上榻榻米。

兩人的視線僅交會了一瞬，沙紀就害羞地別開目光。

身體好熱。

吐出的氣息有些紊亂。

沙紀知道，自己現在的表情肯定十分放蕩。

莫名變得興奮的耳朵聽見了「咕嘟」一聲，美食當前的口水吞嚥聲。

當春希將手指放上她的下顎時，沙紀自然而然地閉上雙眼，嘟起嘴脣——

『～～～♪』

「「呃！」」

這時，沙紀的手機鈴聲忽然響起。

恢復理智的兩人連忙以飛快的速度拉開距離。

「手、手手手手手機響了，沙紀。」

「咦？啊，嗯，真的耶！」

為了掩蓋過頓時變得尷尬至極的氣氛，兩人都刻意提高音量。

沙紀剛才完全陷入了春希營造出來的氣氛中。

她摀著心跳飛快的胸口確認手機螢幕，發現是姬子打來的。

「喂，小姬？」

『——幫、幫幫我，怎麼辦，沙紀？哥哥他！倒在地上，連眼睛都睜不開！嗚、嗚嗚嗚嗚啊！』

「小、小姬！」

姬子的聲音感覺十分束手無策，還能聽見她的抽泣聲。

剛才的熱度立刻消失，沙紀的思緒變得無比冷靜。

隼人出事了嗎？

過往的情景忽然掠過腦海，她握著手機的力道也加重了幾分。

沙紀深吸了一口氣。得先冷靜下來，掌握具體狀況才行。

「小姬，妳聽我說——」

她盡可能讓自己保持鎮定地開口提問，但她拿著手機的手被春希一把抓了過去。

「小姬，妳在哪裡！在家嗎！」

『咦……啊，小春……嗯，我在家裡。』

「知道了，我馬上過去，等我！」

『小春！』「春、春希姊姊！」

春希只跟姬子確認了所在地就立刻衝出房間。

沙紀被她的果斷嚇得頓時說不出話，但還是連忙追趕在後。

外頭的強風無比喧囂，夾帶著雨水到處肆虐。

光是打開玄關大門，颱風就打濕了沙紀的腳。

但在這之中，春希卻毫不猶豫地狂奔而出。

轉眼間就看不見她的背影了。

不像沙紀只會杵在原地，茫然地不知所措。

我也得追過去才行——伴隨這股對抗意識而來的焦急感充斥著她的內心，這時握在手中的手機忽然傳出聲音，將她拉回現實。

『沙紀……』

「啊！」

她深深嘆了一口氣，將種種情緒傾吐而出，慢慢轉換心情。

掠過腦海的畫面是沙紀第一次跟姬子搭話時，「姬子」喪失言語和表情的臉龐。

沙紀知道自己的個性又傻又遲鈍。

就算追在春希後頭，她應該也沒辦法做什麼，只會礙手礙腳。於是她重新握緊手機。

「小姬，把狀況告訴我好嗎？首先，哥哥到底怎麼了？」

『他、他昏倒了，我一直叫他也沒醒來……』

「是嗎……他在哪裡昏倒了？」

『在、在走廊，臉部朝下……』

「什麼時候發現的？」

『剛剛他淋雨回來，去了盥洗室，我還跟他說了幾句話，但是沒過多久我就聽到「砰」一聲，然後就……』

「……呼吸呢？」

『……非常急促，感覺很難受。』

「有發燒嗎？」

『燒得很嚴重。』

「這樣啊，我明白了……等等我喔，小姬，我會想辦法的。」

『嗯、嗯！』

沙紀回想起颱風來襲前的小貓之亂。

隼人一定是在田裡做防颱準備，忙到剛剛才結束吧。

他太過拚命，結果發燒了。

唉，真的很像「哥哥」的作風。

掛斷電話後，沙紀用手機搜尋需要帶過去的東西。

「家裡應該有常備的退燒藥吧……退熱貼、運動飲料，冰箱裡應該也有能量果凍……媽媽～～！」

就算一馬當先衝在前頭，也不可能有所作為。

沙紀深知自己的弱點，但應該還是能有點貢獻。

沒錯，能力不足的話，借用他人的力量就好了。

不能像過去那樣只會袖手旁觀，必須伸出援手。

於是沙紀拚命思考自己能做哪些事。

隼人的意識相當混亂。

失去意識前，映入眼簾的是妹妹（姬子）蒼白的臉龐。

這讓他回想起以前那個愛哭鬼「姬子」變得沉默寡言的往事。

早已深深鎖進心底，試圖遺忘，卻又無法忘記的那些事。

或許是因為得知了春希的過去，或是發生了小貓事件的關係。

五年前，媽媽第一次昏倒的那一天。

那天雖然沒有颱風，卻也像今天一樣下著傾盆大雨。

他記得自己當時在圖書館想著「雨會不會停」，刻意消磨時間才回家。

結果隼人回到家後，就看見倒臥在地一動也不動的母親，以及呆站在眼前的姬子。

其他細節已經記不清了。

但印象深刻的是，他急忙打給爸爸，整個月野瀨跟剛才發生小貓之亂時一樣，從上到下忙翻了天。

所幸緊急手術順利成功，村裡的人都鬆了一口氣，隼人當然也高舉雙手歡呼。

唯獨姬子高興不起來。

不僅如此，她的表情毫無變化，所有感情統統從她臉上消失了，變得一聲不吭。不對，是沒辦法說話了。

為了保護自己的心不被母親昏倒的打擊影響，姬子躲進殼裡，失去了聲音。

就旁人看來，或許只是沮喪的表現而已。

但只有近在身邊的隼人發現姬子的異常。

當然，雖然他當時還小，但也嘗試了各式各樣的方法。

為了逗姬子開心，隼人用紙箱在家裡搭建了三層樓的祕密基地，在客廳鋪上床單陪她一起睡，還貪心地將各種食材塞進漢堡排中做給她吃。

但姬子毫無反應。

儘管如此，隼人依舊不屈不撓地關心姬子。

因為她是妹妹。

因為她是「春希」離開後，身邊稱得上唯一的同齡孩子。

那一天。

夏季來到尾聲。

當時，隼人還相信無憂無慮的快樂時光會持續到永遠。

因為他忽然發現，光靠自己的力量根本一點辦法也沒有。

因為他無意間得知，過去那些理所當然的日常，會在某天毫無預警地瓦解崩潰。

所以隼人拚命伸出手。

一心想讓姬子回到正軌。

可是儘管他竭盡全力，拚命伸出手，希望依然從指縫中無情滑落，彷彿在嘲笑他。

姬子沒有任何改變。

隼人已經無能為力了。

眼前變得一片漆黑。

整個世界都褪了色。

所以隼人的心才會耗磨殆盡，不得不攀住救命的浮木。

某一天的放學後。

他記得那天開始颳起寒冷的秋風。

山林的樹葉顏色都變得鮮明，片片散落而下。

隼人聽從自己的心，踏著蹣跚的步伐來到位在月野瀨半山腰的神社。

春希離開後，他總會刻意避開這個地方。

但另一方面，他又忘不了當時看到的耀眼身姿。

這就是讓隼人心懷芥蒂的原因。

幼小的心靈也只能求助神明了——他隱約思考著這種事。

在夏日祭典之後，他就很久沒有踏進神社了。眼前的景象讓他懷念、悲傷又陌生，所以他不禁猶豫要不要走進去。

說穿了，隼人此次前來沒有任何目的。

然而，當他看見拿著竹掃把，在神社境內跳出精彩舞姿的女孩子——「沙紀」時，忍不住屏氣凝神地杵在原地。

『————！』

隼人看不懂舞蹈中隱藏的意義。

但他知道女孩拚命想要伸出手，彷彿在渴求著什麼。

——著急地，一次、又一次。

所以女孩奮力的舞姿，刺痛了隼人的心。

他忽然看見一道光芒灑落在眼前，等他回過神來，發現自己已經衝出去了。

『拜託妳，讓姬子、讓我妹妹露出笑容吧！』

『唔咦！』

被忽然現身的隼人握住手，又聽到這種話，就算不是沙紀也會嚇得頻頻往後退吧。

這是不經思考的衝動行為。

但當時隼人只能依靠沙紀了。

『拜託妳，救救姬子！那傢伙是愛哭鬼，我已經盡力了，卻還是一點辦法也沒有——』

當時他到底說了什麼呢？記憶早已模糊不清。

只記得自己拚命懇求沙紀幫助妹妹姬子，還有沙紀驚訝困惑的表情。

啊啊，總之得趕快醒來才行。

雖然比那個時候成長了不少，但姬子依舊是害怕寂寞的膽小鬼。

她現在一定在嚎啕大哭吧。

搞不好會像以前那樣——

光是想到會看到她的那個表情，隼人就揪心不已。

——他又想起「春希」離開後的往事。

所以，就算要用強迫的手段，隼人也要喚醒自己的意識。

「姬、子……有沒有哭……？」

「別擔心。」

「…………咦？」

恢復意識的那一刻，映入眼簾的是曾經見過卻不算熟悉的客廳天花板，還有不知為何穿著簡樸浴衣的沙紀。

隼人一頭霧水。

他試著拚命轉動腦袋，思緒卻相當遲鈍，無法順利運轉。

想要起身，身體也沉重不堪。隼人發出「嗚」的呻吟聲後，沙紀就面有難色地用雙手壓住他。

「繼續躺著吧，你在發高燒。」

「呃，村尾……？」

「對，我是村尾沙紀。」

「為什麼……唔，姬子呢！」

「呵呵，一醒來就要找小姬啊。別擔心，春希姊姊正在陪她洗澡。」

「和春希洗澡……？」

隼人不禁皺起眉頭。

姬子和春希一起洗澡——隼人實在無法想像那個畫面，再加上頭腦昏沉、難以思考，就更無法想像了。這次他發出跟剛才不同意義的呻吟聲。

結果沙紀輕聲笑了起來。

「春希姊姊聽到你昏倒之後，沒拿傘就直接衝過去了。」

「……那個傻瓜。」

「我坐車追過去的時候，她已經渾身濕透了……雖然在車子裡擦乾了一些，但小姬看到春希姊姊時也嚇了一大跳，就把她帶進浴室了。」

「真是的……但很像春希會做的事……這樣啊，那姬子還好吧……」

「只是有點生氣而已。」

隼人安心地鬆了一口氣。

隨後，他才終於開始對自己目前的狀況感到好奇。

隼人回溯記憶，做完田地的防颱措施後，他淋成落湯雞回到家，去盥洗室換了衣服，到這邊為止都還記得。看來他是在那個時候失去力氣昏倒，姬子對外求援後，自己才被搬到客廳吧。該不會是春希她們把他搬過來的吧？想到這裡，隼人就覺得有點丟臉。

衣服和頭髮都濕漉漉的，隼人不知道是被雨淋濕的，還是因為流汗。

他渾身疲軟，頭也發熱又昏沉，是典型的感冒初期症狀。

仔細想想，他臨時搬到都市展開新生活，每天都被家事追著跑，回到月野瀨又太興奮，接著又發生小貓之亂，又去田地做防颱措施等久違的肉體勞動。換作其他人，一定也會因為過勞而昏倒。

話雖如此，正是因為他最近管理自己的方式不對，才會發生這種狀況。

這次實在太丟臉了，所以隼人又嘆了一口氣，意義跟剛才完全不同。

「那個，你還好嗎？我這裡有退燒藥……啊，應該先吃一點東西……我有帶能量果凍飲料，你要吃嗎？」

「咦？啊，謝謝。」

「額頭上的退熱貼也要換嗎？」

「什麼時候貼的……啊，我自己換吧。」

「讓我幫忙吧。」

「啊，好。」

沙紀微微一笑，勤快地照料。

她扶著隼人起身，把能量果凍飲料、藥和開水拿給他。隼人躺下後，沙紀又幫他把棉被蓋到肩膀，換上新的退熱貼。

被妹妹的朋友這樣照顧，讓隼人有點害羞，但聽到沙紀用不容分說的嚴厲語氣說「感冒的人請乖乖接受照顧」，隼人也無可反駁了。

現場瀰漫著難以言喻的氛圍。

說到底，隼人也不知該說什麼才好。

試著找話題卻一無所獲，腦袋非常遲鈍。

哥哥，和妹妹的朋友。

這種距離看似親近，實則遙遠。

還住在月野瀨時，隼人根本沒想過會有這種狀況。

但不可思議的是，這種感覺並不尷尬。

不僅如此，不知道為什麼，還有一股近似懷念的感覺。

以前是不是發生過類似的情形？

隼人拚命翻找記憶，但高燒似乎還是讓頭腦昏沉沉，完全想不起來，讓他眉頭深鎖。

這時浴室傳來「嘩啦嘩啦」的水聲，以及春希「咪呀！」的尖叫聲。

不知道她們在做什麼，但姬子好像玩得很瘋。隼人和沙紀互看一眼，都露出苦笑。

「算了，姬子沒事就好。」

隼人語氣有些粗魯地這麼說，沙紀就瞇起眼，小聲說了一句：

「我從以前就想說了，你有點太保護小姬了吧。」

「唔！有、有嗎？畢竟她是我妹，這很正常吧。姬子那麼懶散，我只是要照顧她。」

因為春希之前也給過相同的評價，隼人的心跳頓時漏了一拍。

隼人從來沒有留意過這件事。

但沙紀把眼睛瞇得更細，用勾起笑容的嘴說道：

「所以小姬才這麼黏你啊。」

「……她那樣算很黏我嗎？」

「呵呵，有點羨慕小姬呢。我也好想要像哥哥這樣的兄弟姊妹。」

「唔！呃……」

「咦？啊…………」

沙紀突如其來的這句話，讓兩人都滿面通紅地將臉別開。

隼人的腦袋變得更熱，越來越無法思考。

但這種感覺並不壞，胸口癢得令人心慌。

「……我這個後盾當得很失職，沒有妳說得那麼好，沒什麼了不起的。」

「哪有……」

「所以，如果可以，我希望村尾來都市這裡的高中就讀。」

「……………………咦？」

沙紀的眼睛瞪得圓圓的。

一定是因為發高燒，他才會說出這番話。

「妳也知道，姬子那傢伙讓人放不下心。不光是姬子，春希也是……可是我……該怎麼說呢，如果有村尾妳在，我應該能安心一點，心裡比較踏實。」

「哥、哥……？」

「因為從很久以前開始，村尾就很可靠，能完成我做不到的事，所以……」

這句話也參雜了隼人的軟弱。

他忽然胸口一緊。

深深感受到自己的無力，以及絕望。

但這種心情無法與人傾訴。

這是絕對不能在姬子和春希面前表露的情緒。

他將心中最脆弱的部分攤在陽光下。

或許也是因為自己發燒了吧。

但正因為是在沙紀面前，他才能說出這些話。

「沒、錯……以前也是……」

隼人覺得剛才作夢時，似乎想起了早已遺忘的往事。

但記憶的輪廓相當模糊，彷彿被高溫融解了似的。

好像是某種非常重要的事物，他拚命伸出手，不想讓它消失。

可是腳邊卻被泥濘絆住了。

腦袋熱呼呼的，呼吸也變得急促。

這時，沙紀將手貼上隼人的額頭輕輕撫摸。

此舉讓隼人有種莫名的安心感，身體立刻輕盈許多。

「你先好好睡一覺吧，否則小病也很難痊癒喔。」

「咦？啊、好……」

「你還需要些什麼？」

「我希望妳今晚可以留……可以住下來。」

「畢竟小姬很怕寂寞嘛。」

「……不對，或許，我也是吧…………」

「唔！」

熱度遍布了全身。

隼人還沒把話說完，就鬆開了意識的韁索。

「——晚安。」

最後，耳邊只留下沙紀輕柔的嗓音——

◇◇◇

——晚安。

沙紀的這聲低喃，消失在敲打屋頂的大雨聲中。

她輕輕將手從隼人額頭上拿開，再放上自己的胸口。

「……呼……呼……」

沒過多久，就聽見隼人發出規律的鼻息。

隼人的臉還是因為發燒而泛紅，但不知是不是沙紀的錯覺，他的表情看起來十分安祥。

「哥哥……」

沙紀卻和隼人完全相反，露出複雜難解的神情。

她緊緊抿著脣，浴衣的衣領也被緊握到出現皺褶。

「我也很想、去讀那邊的高中啊……」

她像在隱忍著什麼，肩膀不停顫抖。

這是沙紀發自內心的渴望。

伴隨著低語，一滴眼淚落在抓著浴衣的手背上。

房裡充斥著敲打屋頂的雨聲。

她凝視著隼人的臉，不知看了多久。

隨後，沙紀吐出一陣溫熱的氣息，放眼望向四周。

隼人發出規律的鼻息熟睡著，沙紀一直盯著他的嘴脣，彷彿深受牽引般，將自己色澤粉嫩的嘴脣湊過去——

「——！」

從紙門縫隙間全程目睹的春希，立刻將目光和身體轉向一旁，沒辦法再繼續看下去。

颱風豪雨敲打著民宅的每一處，春希在昏暗的走廊上，輕輕將背靠上牆。

躁亂的胸口隱隱作痛。

洗完澡後，姬子將春希以前在公寓留宿時借穿的隼人的上衣拿給她。此刻春希正咬緊牙關，將上衣胸口處緊緊抓出皺褶。

她當然知道沙紀的心意。

獨自被留在月野瀨的那種心情。

但明白歸明白，當她實際目睹沙紀表達出那份心意時，那種衝擊更讓她難以接受。因為她拿同樣狀況下自己做過的行為來相比，才覺得更難受。

沙紀剛才說的那句話，依舊迴盪在春希耳邊。

從月野瀨到最近的高中，單程就需要兩個多小時。因為距離太遠，很多人會在升學時選擇離鄉，但頂多也是選擇山下的同縣市區域，或是隔壁縣而已。通常會選擇週末就能回家一趟的地方。

高中生已經不是小孩了。

但也不是能定義為大人的年紀。

還是需要留在父母親可以照顧到的範圍內。

反過來看，都市跟月野瀨相距甚遠。

真的太遠了。

這段遙遠的距離，春希深有體會。

正因如此，她才會心如刀割。

這段距離沒辦法輕鬆往返，城鄉的物價和房租也截然不同。

其實，要不是因為正逢暑假，隼人他們根本不會回來。

沙紀到底懷抱著多麼洶湧的思緒，才會說出「好想去都市」這句話？

而且還刻意不讓隼人聽見——

春希咬緊下脣。

她屏住呼吸，放低腳步聲，默默離開現場。

回到客廳，姬子正在用吹風機吹頭髮。

察覺到春希的氣息後，她沒有回頭，用僵硬的嗓音問道：

「……哥，還好嗎？」

春希「嗯」地輕咳一聲。

她立刻戴上笑容面具，以免剛才的表情被姬子看見。

「睡得很熟。好像是因為疲勞引起的發燒，睡一覺醒來，明天就會好多了吧？」

「……受不了，都是因為他沒好好照顧身體啦！平常明明對我那麼囉嗦！」

聽春希這麼說，姬子散發的氣氛也逐漸緩解。或許是因為安心了，她又用平常的語氣大聲抱怨起來。

春希發出「啊哈哈」的尷尬笑聲，並抓起一撮還濕答答的頭髮。

「欸，小姬，待會兒可以借我吹風機嗎？」

「嗯，可以啊。我剛好用完了，我幫妳吹吧。」

「咦？啊、嗯……」

姬子說完就起身繞到春希身後，壓著春希的肩膀，讓她坐在座墊上。隨後捧起春希的頭髮，哼著歌打開吹風機。

「小春，妳頭髮好長喔，整理起來很麻煩吧？」

「啊哈哈，從月野瀨搬到都市後就沒剪過了，已經習慣了吧。」

「是喔……而且還很柔順耶，真好看。」

「啊哈哈，謝謝妳。」

「長髮也不錯呢，比較像『女孩子』。」

「………………嗯。」

聽到姬子說出「女孩子」這三個字，春希的語氣變得有些含糊。

春希的嘴角有些僵硬，幸好姬子看不見她的表情，讓她鬆了口氣。

她們沒有繼續多聊，春希就將頭髮交給姬子打理。姬子的動作非常輕柔，就像在拿取易碎物品那樣。正因為知道她平常是什麼德性，春希才覺得不可思議。

不久後，吹風機聲音停了下來，頭髮已經完全乾了。

或許是因為吹得比以往更加仔細，感覺梳起來特別滑順。

「好，完成了。」

「謝謝妳，小……小姬？」

「謝謝妳特地趕過來，我很高興……」

姬子從春希身後緊緊抱住她。

有些顫抖的身體，傳遞出不安與恐懼。

剛才她或許只是在強顏歡笑。

春希將手輕輕放上姬子環抱著自己的手。跟隼人不同的是，姬子的手摸起來依舊嬌小又柔軟，跟以前還在月野瀨的時候沒什麼變。

「……我還以為『哥哥』也要離我而去，所以有點害怕。」

「放心吧，小姬，沒這回事。」

「嗯，我知道，可是……」

「小姬，妳真的從以前就很黏哥哥呢。」

「……哪有啊，這很正常吧。」

「啊哈！」

「……哎喲，小春真討厭！」

看著有些不滿的姬子，春希輕聲一笑，姬子就加重環抱的力道，以示抗議。

春希安撫地說著「好啦好啦」，輕輕往她手上拍了兩下，並站起身與她面對面。

為了讓姬子安心，春希模擬隼人的語氣，笑著對姬子說：

「『放心吧，姬子。』」

「…………啊。」

說完，她有些粗魯地揉揉姬子的頭髮。

——就像隼人平常那樣。

姬子有些開心地嘀咕著：「討厭，頭髮好不容易才整理好的耶。」

颱風帶來的暴風雨依舊在月野瀨四處肆虐。

中場休息

難以擺脫的往事

地處郊外的再開發區域，從市區搭乘電車大約要一個小時。以車站為中心延伸出周邊的商業區，在日常民生用品採買上完全不成問題。

離車站稍遠的地帶被劃分出整齊的區塊，一棟棟相對較新的民宅組成了住宅區。

在其中一棟普通民宅的客廳內，一輝一手拿著手機，開心地笑到肩膀頻頻顫抖。

一輝、隼人和伊織的頭像在聊天群組中不停跳出來。

『我發燒了，還被妹妹的朋友照顧，有夠尷尬，但我覺得還是回禮道個謝比較好。你們覺得呢？』

『是姬子在月野瀨的朋友嗎？』

『喔，是那個小巫女嗎？』

『對啊。』

『唔，小巫女！巫女裝一定超讚的吧！好想讓惠麻穿穿看喔！』

『這麼說來，上次去Shine Spirits City的時候，派對道具的賣場有賣巫女服耶。差不多3000日圓吧？其他還有護士服、旗袍之類的……每種款式的裙子都超級短就是了。』

『什麼！好，下次我們再一起去買吧！』

『白痴喔。啊，要是伊織讓我看看伊佐美同學的換裝照，我就陪你去。』

『啥！這、這就有點，那個了。我怎麼可能讓別的男人看女友角色扮演的模樣啊！』

『不然，伊織代替伊佐美同學穿上那種衣服的照片也可以。』

『一輝！』

隼人一開始提出的疑問逐漸偏離正軌，變成毫無營養的話題。

沒有重點、平庸至極、不值一提的閒聊。

但這種對話模式讓一輝樂在其中。

雖然上學通勤要花很多時間，但選擇了現在這間高中真的太好了。

『對了，隼人，你退燒了嗎？』

『昏睡一整晚已經完全好了……但是姬子命令我今天一整天都要乖乖躺著，其實有點無聊。』

『你妹說得沒錯啊。』

『所以姬子要負責今天的家事和三餐嗎？』

『……你覺得有可能嗎？』

「啊哈哈！」

看到隼人的回覆，一輝忍不住在客廳裡噴笑出聲。

完全可以想像到姬子努力做家事和照顧隼人，卻失敗連連，跟春希和朋友哭訴的畫面，讓一輝嘴角不禁上揚。

彷彿要印證這個事實一般，手機螢幕上跳出『原來如此，那就是小巫女負責了。』『沒錯。』這幾句話。

『姬子她——』

一輝本來想問問她的狀況，但手指打到一半就停住了，不由自主地停了下來。

忽然掠過腦海的不是姬子平常天真爛漫的面孔，而是在水上樂園時，那種老成卻帶著一絲寂寥的表情。

一輝的胸口躁動不已。

表情也變得扭曲。

手指還猶豫不決地停在半空中。

他不知該打些什麼，找不到適合的詞句。

朋友（隼人）的妹妹。

跟自己感情也不錯。

但就僅止於此。身為哥哥的朋友，要是太過積極關心她的近況，是不是有點超出這段關係的範圍了？

可是，他真的在意得不得了。

一輝還在焦慮不安時，手機螢幕上出現：『除了隼人跟二階堂同學也有其他人要排休，快要累死了。』『抱歉，等我回去後，我會多排一點班。』不知不覺間已經轉移到打工的話題了。

「一輝？」

「唔！……姊？」

「你的表情很好笑耶……啊呵。」

「……啊哈哈。」

這時有個充滿睏意的嗓音喊了他一聲，讓他回過神來。

抬頭一看，是起床後頂著蓬亂毛躁的頭髮，還用手抓著肚子的姊姊——百花。

是絕對不能被外人看到的邋遢模樣。

「嗯～～……一輝，老樣子。」

「好好好。」

說完，一輝就帶著苦笑走向廚房，百花則機警地躺上空沙發搶先占據。

一輝沒理她，將設定成高濃度的咖啡機按下啟動鍵。在濃縮咖啡中多放點牛奶做成的拿鐵，就是百花說的「老樣子」。順帶一提，考量到熱量問題，他沒有額外加糖。

一輝看著機器萃取出來的泥炭色液體中慢慢出現金黃色氣泡，期間瞥了時鐘一眼。現在已經超過十點半了。

「姊，妳今天起得很早耶。要出去玩嗎？」

「啊～～嗯～～有點事啦～～……對了，一輝，聽說你跟女生告白被甩了啊？」

聽百花這麼說，一輝倒牛奶的手抖了一下，眉頭也皺起來。

「啊啊，嗯。那個，情況有點複雜啦。」

「像『之前』那樣？」

「……類似。」

「…………這樣啊。」

百花刻意地「呼——」了一聲，發出明顯意有所指的深長嘆息。

所謂的「之前」，就是一輝國中的失敗經歷。

姊姊百花當然知道這件事，連來龍去脈都一清二楚。

一輝滿臉尷尬地將拿鐵放在百花面前的矮桌上。

「妳聽誰說的？」

「愛梨啊。是叫隼隼嗎……？她好像是從你『朋友』口中聽來的。」

「啊啊，隼人啊。」

「…………嗯，可信嗎？」

這句話簡潔明瞭，嗓音卻飽含了擔憂之情。

百花似乎在用自己的方式擔心弟弟，所以一輝苦笑一聲：

「嗯，他們都是好人。」

「是嗎？」

「嗯，這次我也有留意。」

「……你是不是對其中一個朋友認真了？」

「唔！」

百花出乎意料的尖銳提問讓一輝的心跳漏了一拍，腦海頓時一片空白。發問的當事人不端莊地趴在沙發上，小口啜飲著拿鐵。一輝的腦袋因為太過震撼持續空轉，他知道自己的臉頰正尷尬地抽搐著，同時問道：

「為什麼這麼問？」

「……你剛才的表情就像墜入愛河的少女，感覺有點噁心。」

「什麼啊。」

「你難道對告白的那個女孩子是真心的？」

「不，那倒沒有。我跟她不是那種關係。」

「……哦？」

一輝的腦海中浮現出春希的臉龐，斬釘截鐵地否認。

但從百花的回答中，能聽出她心中仍有疑惑。

這時門鈴響起，提醒有客人來訪。

百花「嗯」了一聲，用下顎示意玄關方向，要一輝去開門。

一輝對頭髮亂糟糟、穿著小可愛配短褲的姊姊露出苦笑，並往玄關走去。

他「喀嚓」一聲打開大門。

「來了，哪位——啊。」

「——啊。」

兩道驚呼聲重疊在一起。

兩人都瞠目結舌，臉頰微微抽動，但下一秒就若無其事地向對方打招呼。

「呀呵～～輝輝。」

是愛梨。

「……是妳啊，愛梨。」

「感覺很久沒在你家見面了呢。」

「我要練球啊，學校又很遠。」

「跟我一樣選附近的學校不就好了。」

「……妳跟姊有約嗎？她現在那個樣子實在不能見人。」

「呀哈！她平常就這樣啊。你別費心啦～～」

發出爽朗的笑聲後，愛梨搶先一輝一步，熟門熟路地溜進海童家。

看著她的背影，一輝微微皺起眉。

愛梨剛脫下穆勒涼鞋，就忽然想起什麼似的轉過身子，綁在側邊的頭髮也晃了幾下。

「好看嗎？前陣子我跟百百學姊一起去買的。」

大方裸露肌膚、圖案花俏的針織棉上衣充滿夏日風情，配上樣式樸素的短褲。在華美豔麗的氛圍中點綴了些許沉穩的色彩，為愛梨營造出一絲成熟風情。

「嗯，很適合妳。」

「是嗎？太好了。」

聽了一輝的評價，愛梨咧嘴一笑，直接走向客廳。

看到徹底癱軟在沙發上的百花，愛梨像強忍著頭痛般把手放上額頭。

「百百學——嗚哇……」

「喔～～愛梨，一見面就衝著人喊『嗚哇』會不會太過分啦？」

「不不不，妳這頭髮太誇張了，又沒化妝，而且今天不是要去開會嗎？時間還來得及，衣服選好了嗎？」

「嗯～～？」

「嗯什麼嗯啊！電捲棒在房間裡吧？我去拿過來！」

「愛梨，妳太認真了啦。」

「真是的～～！」

說完，愛梨就急忙衝向二樓百花的房間，百花卻還是癱軟無力地揮揮手。

在旁人眼中，就是需要人照顧的學姊和忙著照顧人的學妹。

但從拌嘴的模樣，也看得出她們感情十分融洽。

久違看到兩人的互動，一輝露出苦笑，並開啟咖啡機。

百花悠悠哉哉地喝完拿鐵，與此同時，愛梨也拿著電捲棒和衣服趕回客廳。

「來，把這套衣服換上！」

「喔～～」

「呃，輝輝還在，不要在這裡換啦！」

「愛梨，妳很古板耶。」

「是百百學姊太鬆懈了啦！」

「應該不會很鬆吧，我又沒交過男朋友。」

「不是在說妳的貞操！喂，內衣！全都看光光了！輝輝～～！」

兩人一來一往，像在說相聲似的。百花完全沒把親弟弟放在眼裡，當場就換起衣服。驚慌失措的愛梨急忙衝到兩人之間，以免一輝看到百花的裸體。

姊姊和前女友的這齣鬧劇讓一輝哭笑不得。等百花換完衣服，一輝才若無其事地在兩人剛好整理完畢的那一刻端出拿鐵。

「真不愧是我弟，我正好想再喝一杯呢。」

「愛梨，妳喜歡喝少糖吧？」

「啊，嗯……你還記得啊，謝謝……真是的，輝輝這一點都沒有變呢。」

愛梨拿起杯子啜飲一口，跟以前相同的滋味讓她忍不住微微一笑。

百花瞇著眼觀察愛梨的反應，一臉驕傲地挺起胸膛說：

「多虧我教得好啊。」

「……但拜妳的教育所賜，他好像又讓女孩子神魂顛倒，惹了一堆麻煩耶～～隼隼跟我說了喔～～」

「對了，我對甩掉一輝的女孩子很好奇耶，她是什麼樣的人？」

「啊，我也想知道！」

「呃，那個……」

被百花和愛梨連連逼問，讓一輝有些退縮。

這件事他實在不想主動提起。

但「以前」發生過那件事，她們倆也不是毫無關係。

於是一輝皺著眉頭，開始斟酌字句。

「她有一頭烏黑長髮，與其說是可愛，感覺更像溫柔婉約的和風美女。但這只是外表而已。」

「……外表？」

「明明戴著高雅柔和的面具，骨子裡卻像個男人婆或頑皮鬼，會為了不被別人發現做些蠢事，逗起來也滿好玩的，是個有趣的女孩子。」

回想起以前玩在一起的場景，一輝咯咯笑道。

愛梨盯著一輝的表情，像是在確認什麼。

「喔，你們感情很好啊？」

「不算差吧？但她可能不太想靠近我。」

「啊？什麼意思啊……那你為什麼要跟她告白？」

「妳問我為什麼……因為她有個非常喜歡的人，喜歡到沒有我介入的餘地，所以我還被她賞了一巴掌呢。」

一輝說著說著就笑了起來，愛梨的臉上卻寫滿疑惑。

「哦，那有奏效嗎？」

「…………跟以前差不多。」

「是嗎？」

一輝忽然想起對自己頻頻示好的高倉學姊，遲了幾秒才回答。

愛梨瞇起眼睛，將臉別向一旁，代表話題到此結束。

她拿著電捲棒走到百花身邊，現場氣氛變得有些尷尬。

一輝覺得坐立難安，便將泡給自己的拿鐵一飲而盡，站了起來。

這時，愛梨在他身後若無其事地提議道：

「如果有人對你糾纏不清，需要我再跟你『訂契約』嗎？」

一輝渾身一震，呆站在原地。

姬子強忍痛苦的表情又重回腦海。

還有「我喜歡過一個人」這句話。

一輝無意識地將手放在胸前。

「我沒辦法再做這種事了。」

他用苦澀卻堅定的嗓音如此斷言。

這次換愛梨的肩膀猛然一震。

一輝瞪大雙眼，發現剛才的語氣有點激動。

「呃，那個，現在佐藤愛梨是人氣如日中天的模特兒，要假扮妳的男朋友，壓力實在太大了。」

「……你是魅力教主模特兒ＭＯＭＯ的弟弟耶，沒這麼誇張吧。櫻島小姐也說過，對象是輝輝的話她可以接受喔。」

「太抬舉我了啦。呃，那個，其實我待會兒還要打工。不好意思，我先走了。」

「……啊。」

說完，一輝就逃也似的衝出家門。

前往車站的路上，一輝在聊天群組中輸入要傳給伊織的訊息。

『如果今天打工人手不足，需不需要我過去支援？』

一輝離開後，海童家的客廳裡傳來百花「唉～～」這聲刻意的嘆息。

百花面有難色地皺著眉低聲說：

「愛梨……妳很傻耶。」

「…………」

「不坦率，又笨得要命。」

「…………」

愛梨的手放在百花的頭髮上，一動也不動。

她低下頭，雙肩微微顫抖。

百花將愛梨的手拿開，緩緩轉過頭，再將她緊緊擁入懷中。

「可是妳很會照顧別人、積極努力，又如此執著……所以我最喜歡這樣的愛梨了。」

「……嗯。」

愛梨像在跟百花撒嬌似的，雙手環過百花的背，緊抱著不放。

第4話 仰望明月，隱忍珠淚

祭典之日終於到來。

這個地方的人口不過一千幾百人，跟都會區和大型神社相比，算是微不足道的小祭典。但對此地居民來說，這也是擁有千年以上的歷史，足以讓人忘卻無聊日常的喜慶之日。

這天一早，整個月野瀨就充滿了興奮難耐的氛圍。

四面環繞的山彷彿暴風雨前的寧靜般安祥無比，卻也像壓抑著躍躍欲試的急躁心情。萬里無雲的蔚藍青空，彷彿反映出了居民的心情，太陽也綻放出強烈耀眼的金色光芒，熱力四射。

感覺今天的溫度比平常還要高上幾度。

「哥，你騎太快了！」

「喔，抱歉抱歉。」

當太陽來到最高處的時候。

隼人和姬子騎著腳踏車前往神社。

或許是受到愉悅的心情影響，隼人踩著踏板的力道默默增強，被拋在後頭的姬子大聲抗議後，隼人才哈哈大笑地放慢速度。

他臉上沒有一絲反省，姬子也傻眼地喊了聲：「討厭！」

一陣風吹來，綠油油的稻穗和田裡的農作物也隨風搖曳。

緊緊扎根於大地的這些作物，絲毫不受前陣子的颱風影響。

天空是一整面清爽宜人的湛藍色，充滿夏日的氣息。

「好期待祭典喔。」

「……嗯，對啊，哥。」

今年夏天的月野瀨，春希也在。

這場跟以往不太一樣的祭典，讓隼人的聲音有些雀躍。

看著哥哥興奮的背影，姬子微微瞇起眼睛。

位於神社山腳下的活動會館旁，附設了鄉下特有的廣大停車場。

來參加本日祭典的居民們，將轎車、小貨車、電動自行車和腳踏車密密麻麻地停在此處。隼人和姬子也有樣學樣，把腳踏車停在這裡。

山上已經傳來充滿歡樂的喧鬧聲了。

通過鳥居走上石階後，就會抵達拜殿，此時拜殿境內的廣場已經聚滿了人。雖然人數還比不上都市學校的全校集會，但這已經是月野瀨難得一見的驚人數字了。

思及此，隼人和姬子露出難以言喻的苦笑。

這時眼尖的春希看見他們，便揮揮手走了過來。

「喂～～隼人～～小姬～～！」

她的情緒很亢奮，將頭髮扎成一束馬尾，衣服也看得到些許塵埃與汙漬。

但春希本人似乎沒把這些小事放在心上。

「春希，辛苦妳了。抱歉，沒幫忙準備。」

「啊哈哈，畢竟隼人的病才剛好嘛，而且祭典的行前準備也很有趣。」

「是嗎？」

說完，春希就將視線投向廣場的山車。

那台山車充滿年代感，卻相當乾淨整潔，看得出平日的悉心維護。

山車旁邊是穿著五彩繽紛的華麗稚兒服裝，經過精心打扮的心太。（註：稚兒為日本祭典

中身著傳統服飾參與演出的幼童）

看樣子山車遊行的主角是心太。

他一臉緊張，被身穿同款法被的大人們團團包圍，七嘴八舌地搭話。

被春希救下的小貓如同侍從或護衛般窩在心太腳邊喵喵叫。牠的人氣絲毫不亞於心太。

「小貓已經活蹦亂跳了呢。」

「是啊。牠老是黏著心太，沙紀跟心太的爸爸也被牠迷得神魂顛倒呢。」

「這樣啊。」

「…………嗯。」

隼人安心地瞇起雙眼，春希的聲音卻略顯生硬。

隼人瞥向她的側臉，發現她的表情十分複雜，卻又不知該跟她說些什麼才恰當。

但隼人還是想將自己的心思傳遞給春希，準備伸出手——可想起春希在水壩湖對他說的那句話，隼人便直接將手移到頭上抓了幾下，發出一陣嘆息。

這時，他看見姬子滿臉困惑地歪著頭「嗯～」了一聲。

「姬子？」

「總覺得心太的服裝有點奇怪……好像在哪裡見過……」

「是不是村尾以前穿過的款式啊？印象中，很久以前有看過。」

「啊，對啦！嗯，沒錯，根本一模一樣嘛！」

姬子「啪！」地拍了一下手，跑到心太身邊。

「心太～～你這套是不是女生的衣服啊？嗯，不錯！真的很好看喔，心太！很適合你，非常可愛，我可以拍張照嗎？我要拍嘍？是說，髮型部分要不要再弄得更仔細一點？」

「咦！」

興奮的姬子將手機鏡頭對準心太。

心太雖然有些驚訝，卻還是任由姬子擺布。

氏子們都看傻了眼，隨後發揮想像力，竊竊私語起來。

「哎呀，頭上戴的不是烏帽而是天冠，所以是女生的款式呢。」

「因為是沙紀帶來的，我還以為鐵定沒錯呢。」

「哎呀，有什麼關係，很適合啊。喏，這是不是就叫『生男孩一舉兩得』啊？」

「呵呵，聽你們這麼一說，我都覺得心太是女孩子了。」

「呀哈哈，祭典也快開始了，維持現狀也不錯嘛。」

「欸，心太，要不要穿看看其他可愛的衣服？」

「小姬姊！」

看來這套服裝是女孩的款式，但眾人決定將錯就錯。

心太今天的稚兒打扮就是這麼適合他，相當可愛。

心太身邊的人都面帶笑容，窩在他腳邊的小貓也深感同意地發出喵喵聲。

「……畢竟心太長得很可愛嘛。」

「要是他長大後才被大家發現『你其實是男生喔！』那怎麼辦？」

「「……」」

聽到隼人感到傻眼的低語，春希露出了惡作劇般的表情。

兩人對看了一會。

「小春姊！」

這時，春希和拋來求救眼神的心太對上了眼。

但春希笑著對他揮揮手後，心太僵在原地。臉頰變得更加紅潤的他將目光別開。

「「……噗！」」

看了心太的反應，隼人和春希不禁噗哧一笑，肩膀笑得頻頻顫抖。

兩人笑了好一陣子。隨後，春希忽然抓住隼人的手腕。

「隼人，我們去拜殿看看吧？沙紀在那裡喔。」

「等等，喂！」

春希面朝前方，所以隼人看不到她的表情。

他的視線從春希的背影，慢慢移向自己被抓住的手腕。

「……春希？」

「嗯？」

「不，沒什麼。」

聽到隼人開口呼喚，春希回過頭，神情卻一如既往。

隼人帶著難以釋懷的心情，眉頭微蹙地追在後頭。

祭典即將展開，身穿神官服裝的村尾家人和女性氏子們在拜殿忙碌地四處穿梭。

隼人的鼻子抽動了一下，現場瀰漫著令人食指大動的香氣。

春希也用鼻子嗅了嗅，並將視線移向香氣來源。

「嗚哇，那個供品是什麼啊……呃，那是米嗎！五顏六色的耶！」

「那應該是『御染御供』吧，每年都會有。」

「喔～～」

眾人現在似乎正忙著將神饌端上祭壇。

除了讓春希充滿好奇的，分別染成綠、黃、紅色的御染御供之外，還有岩魚、香魚、豬、雞、鹿的肉品，以及酒水，供奉的都是月野瀨當地可以取得的食材。

無所事事的隼人看著大家忙進忙出的樣子，實在靜不下來。

春希似乎也沒料想到拜殿這裡會這麼忙，只能「啊哈哈」地用笑聲敷衍過去。

隼人以前只負責外場的體力活，春希這次也是首次參與。

但就算想幫，也不知該從何幫起。

「啊，春希姊姊！哥哥！」

當隼人和春希在入口附近倉皇失措時，看見他們的沙紀小跑步過來。她穿著巫女服裝，感覺很涼爽的千早外套上帶有莊嚴的金線刺繡，頭上戴著豪華的天冠，手上拿著神樂鈴，跟隼人上次收到的照片一模一樣。配上沙紀白皙透亮的肌膚和亞麻色頭髮，更加襯托出如夢似幻的神祕美感。

隼人驚訝地瞪大雙眼。實際畫面果然跟照片不一樣，有種現場獨具的衝擊力。

雖然沙紀每年夏天都會換上這套衣裳，但隨著沙紀的成長，這份美感也年年俱增。隼人完全說不出話，春希則興奮地大喊道：

「哇，沙紀，妳太～～～美了吧！」

「咦？啊，春希姊姊！」

「雖然看過照片，但現場看完全不一樣，好驚人啊！對不對，隼人？」

「啊、是啊……」

說完，春希就推了一下隼人的背，讓他和沙紀面對面。

在隼人眼中，今天的沙紀確實格外美麗。配上這身充滿神祕感的非日常服裝，他甚至覺得沙紀神聖不可觸碰。

這樣的沙紀，過去只能在舞台上欣賞到的沙紀，如今就近在眼前。

隼人吞了吞口水。

沙紀本人的目光則不安地游移著，揚起視線問道：

「呃……好、好看嗎……？」

「好、好看啊，非常適合妳……」

「……太好了！」

「唔！」

但隼人的一句話，就讓沙紀臉上立刻綻放出雀躍的笑容。

冷不防看到這麼純粹可愛的笑靨，換作是其他人，一定也會害羞地別開目光。

沙紀是妹妹（姬子）的朋友。

這份關係看似親近，實則遙遠。

是過去原本沒有太多話題，但最近在春希的提議下，才會在聊天群組開始交談的「女孩子」。這一點讓隼人覺得更難為情了。

隼人用食指搔搔臉頰。

「啊～～那個，前段時間很謝謝妳。不僅照料我的病情，還幫忙打理家中大小事……我想跟妳道個謝，卻想不到該送什麼才好……」

「別、別這麼說，不只是我，春希姊姊也很辛苦啊！所、所以不用太費心！」

「這、這樣啊，也謝謝春——春希？」

隼人回頭一看，發現春希勾起不懷好意的笑容，笑嘻嘻地盯著他看。

根據以往的經驗，他知道春希肯定在打什麼歪主意，不祥的預感讓他眉毛抽動一下。

「哎喲哎喲～～？隼人，你臉紅了耶，難道是在沙紀面前覺得害羞嗎？」

「什麼！咦，不是，那個，呃……！」

「沙紀這～～麼可愛，我懂，嗯，我真的懂。而且你現在一副色瞇瞇的樣子耶。」

「啥！怎麼可能！」

說完，春希語帶調侃地戳了一下隼人的鼻尖。隼人連忙後退並往鼻子抹了抹，讓春希哈哈大笑。

接著，春希迅速繞到沙紀身後用力抱緊，用臉頰蹭著沙紀的臉。

面對春希突如其來的擁抱，沙紀嚇得滿臉通紅。

「春、春希姊姊！」

「啊，沙紀身上好香喔。」

「唔咦！啊，那個……」

「隼人也要聞聞看嗎？」

「呃，喂！」

「呀！」

語畢，春希就往沙紀背後一推，隼人便一把抱住沒踩穩而倒過來的沙紀。

沙紀倒在隼人懷裡的身軀，跟春希一樣比他矮一顆頭，嬌小又柔軟，與春希不同的輕柔香氣撩撥著鼻腔內部。上述種種因素，都讓隼人強烈意識到沙紀是異性的事實。

沙紀或許也有同感，可能是不習慣被異性抱在懷裡，熱流頓時竄過她的全身，頭頂好像要冒出蒸氣了。

要是就這樣像春希剛才那樣，緊緊抱著她該有多幸福啊——這個念頭閃過腦海的瞬間，隼人的意識迅速沸騰。

腦內的理智警鈴大作，他警告自己不能有這種想法，急忙抓著沙紀的肩膀拉開距離。

結果兩人變成互相凝視的模樣，周遭瀰漫著難以言喻的氣氛。

隼人在視角一隅瞥見春希帶著溫暖的笑容在一旁看著，頓覺一絲恨意湧上心頭。

為了掩飾內心的複雜思緒，隼人努力尋找話題。

「嗯嗯，對了，心太也很適合那身打扮耶。那套服裝該不會是村尾的吧？」

「啊，沒錯，是我傳給他的！話雖如此，我以前也是撿堂姊穿過的舊衣服啦。」

「這、這樣啊。雖然很適合他，但那好像是女生的款式，總覺得有點怪怪的，對吧？」

「嗯嗯，『心太妹妹』真的好可愛！」

忽然接到隼人的暗示，春希便語帶調侃地回答。沙紀雖然愣了一下，也慢慢理解話中含意，立刻瞪大雙眼。

「…………咦？」

當沙紀喊出有點傻氣的驚呼聲時，外場也傳來敲打太鼓的「咚咚咚」聲了。

看到沙紀的反應，隼人和春希相視而笑。

不同於以往的夏日祭典，即將揭開序幕。

在莊嚴肅穆的緊張氣氛中，沙紀爸爸以宮司的身分，向主祀神獻上神饌與祝禱詞。

以神職人員為首，這場儀式僅由寥寥數人進行，其中當然也包含了沙紀和心太。

春希跟其他人一起站在遠處欣賞儀式。

「臣某誠惶誠恐——」

祭典的儀式繼續進行下去。

接著，神色緊張的心太從宮司手中接過裝著數道神饌的托盤。

這些神饌將供奉給月野瀨各處的祠堂，祈求今年五穀豐登。

聽說這原本是在秋收後舉行的祭典，但明治年間出外工作的人變多，才會統一改為中元時期舉辦。

心太是今年夏日祭典的主角之一。

依照月野瀨的祭典習俗，似乎會讓滿七歲的孩子坐上山車遊行。

因為到了這個歲數，會正式被接納為村裡的一員，並以此敬告神靈。

心太拿著裝了神饌的托盤坐上山車。

春希有些興奮地看著這一幕。

「哇啊，好羨慕心太喔……」

「嗯，我懂妳的心情。我也有點想坐坐看。」

「咦？隼人以前沒坐過嗎？」

「只有神社一家跟少數望族才能……」

隼人回應了春希的吐槽，但說到一半就面有難色，覺得自己說錯話了。

「喔，山車動起來了，得過去看看才行！」

「啊，等一下啦！隼人！」

才一眨眼的工夫，隼人就逃也似的跑向山車。

滿臉不悅的春希一個人被留在原地。

在春希嘟嘴生氣時，隼人已經迅速加入人群，扛起心太乘坐的山車。從神社後方通往山腳下的這段斜坡路，應該會用扛的，而非拉的方式將山車運下去。

春希本想追過去——雙腳卻一動也不動。

她想起隼人剛才沒說完的那句話。

「……」

二階堂家以前是村長之位。

說不定以前的「春希」有機會坐上山車。

然而，春希非但沒坐過山車，連祭典都是第一次參加。

穿著女孩衣裳的心太雖然一臉驚恐，眼中卻綻放出閃亮的光芒。

春希杵在原地，山車的背影也變得越來越小。

——「二階堂春希」真的有資格參加這場盛會嗎？

村民們都表現出接納的態度，但春希心中的這份躊躇，將她牢牢地鎖在原地。

她咬著下唇，準備將緊握的手放上胸口——

「我們也趕快過去吧！」

「沙紀！」

但這隻手卻被從身後出現的沙紀一把抓住。不知為何，沙紀在巫女服上穿了一件法被。

沙紀順勢拉著春希走向山車。

原本沉重如鐵的雙腳，輕輕鬆鬆就離開地面動起來了。
「啊，那個，呃，沙紀，妳不用留在神社嗎？」
「反正要到祭典最後才會輪到我出場啊！啊，這是春希姊姊的法被！」
「咦？嗯，謝謝……？」
「我以前都只敢窩在角落，所以很想扛一次山車，看看是什麼滋味呢！」
說完，沙紀回過頭，對春希露出天真無邪的滿面笑容。
春希現在的思緒還是有點混亂。
但她明白了一件事：沙紀是打從心底想享受這場祭典。
——跟春希一起。
春希的心跳得飛快，所以也用笑容回應：
「……嗯，我也是！」
於是她們手牽手，跑向祭典的人群之中。
穿著法被的姬子也拚命追在後面喊著：「等一下，我也要去～～！」深怕被拋在後頭。
春希彷彿從她身上看到以前的「姬子」努力追趕的影子。她和沙紀互看一眼，哈哈大笑起來。

萬里無雲的青空畫布被框在四方環繞的山脈當中，盛夏的太陽在畫布上發出金燦無比的光芒。

鬆軟的雲朵在幾乎伸手可及的低空緩緩流過，似乎也深感好奇地凝視著熱鬧歡騰的月野瀨。

「「「嘿嘿嘿～～！」」」

「「「嘿唷～～天下太平～～！」」」

歡樂的吆喝聲和「喀啦喀啦」的車輪轉動聲，陸續傳進一望無際的綠色田野中。這是當地行之有年，一年一度的經典畫面。

但今年卻跟以往不太一樣。

在前方打頭陣的是兩名外貌亮眼的少女。一位是本該在神社待命、穿著巫女服的沙紀，一位是搖曳著一頭烏黑長髮的春希。因為機會難得，兩人被眾人拱到前面去。

兩朵嬌豔可人的鮮花，跟存在感強烈的豪華古老山車相比毫不遜色。她們綻放出亮眼的光采，彷彿在對月野瀨的山川樹木和村民們彰顯自己的存在。

春希和沙紀臉上雖然帶著幾分羞澀卻仍興奮地喊著：「「嘿唷～～天下太平～～！」」

在月野瀨村中繞巡。

山腳下的大樹、橋旁邊的河畔、矗立在村子中央的巨大岩石，一行人陸續來到這幾處前方的小小祠堂。

心太則將本殿交付的神饌一一虔誠供上。

途中也會停在村民家門口稍作歇息。

村民們會以事先準備好的糯米糰子、茶水和少量的啤酒款待他們，祭典的氣氛一路往上攀升。

將所有祠堂巡過一輪，就幾乎繞了月野瀨整整一圈。

家家戶戶都理所當然有一台自小客車的月野瀨，幅員相當廣闊。

向月野瀨的各尊神靈稟告及答謝完畢，回到神社時，已經是日暮時分了。

◇◇◇

一抵達神社的山腳下，沙紀就加快腳步衝回神社更衣。

神社境內的幾座篝火「啪啪」地爆出火光，溫柔地照亮了日落後變得昏暗的周遭。

「來，各位辛苦啦！先喝點涼的吧？」

「呼～～冰得透心涼的氣泡飲料簡直棒呆啦！」

「我想先填飽肚子！隨便拿點肉給我，拿肉過來！」

「好好好，準備了很多，大家不要急啊！」

留在神社的女性們拿著酒水和餐點上前迎接，這些都是用神饌烹調的美食。

小貓也「喵」的一聲出來迎接心太。心太拿著空無一物的托盤被神官牽到本殿去，小貓也豎起尾巴追趕在後。

因為牽著山車在月野瀨四處遊行，每個人都累到渾身疲軟，肚子餓得咕嚕叫。雖然祭典還有幾個小儀式要處理，但這是兩碼子事。

大家把剩下的工作交給神職人員，搶先一步衝向啤酒和料理，拿在手上開啟宴會模式，轉眼間就陷入了熱鬧歡騰的氣氛當中。

熱氣絲毫不見平息。

隼人也依舊被殘存在體內的熱氣影響，心情無比激昂。

他拿了兩瓶彈珠汽水代替啤酒，將其中一瓶遞給正在神社境內隨處設置的長凳上坐著休息的春希。

「春希，拿去。」

「謝了。」

「妳嗓子都沙啞了耶。」

「……一路上都在吆喝嘛，但哪有你說的這麼誇張。」

「哈哈！」

因為擔任山車前方的陣容，春希的幹勁也比其他人多了一倍。

被隼人調侃後，春希微微嘟著嘴，接過彈珠汽水。

這時，他們正好看到不遠處的姬子大喊著：「我要吃炸雞塊！」衝向大盤子的畫面。結果周遭的阿姨們七手八腳地拿了好幾種料理給她，讓她驚慌地哇哇大叫，卻還是機警地將所有食物塞滿整張嘴。

見狀，隼人不禁笑了起來，同時將汽水瓶口的彈珠「咚」一聲壓入瓶中。

春希也模仿隼人的動作將彈珠往下壓，汽水瓶卻發出一陣「噗咻～～～」的巨響，氣泡頓時泉湧而出。她還是跟小時候一樣不太會開彈珠汽水。

「哇、哇、啊哇哇……嗯、嗯咕……」

「妳還是很不會開汽水耶。」

「……嗯嗝。」

春希急忙將嘴貼上瓶口，深怕浪費。

一口氣喝下碳酸飲料，她也自然而然地發出可愛的打嗝聲。

春希用抗議的眼神瞪向隼人，隼人則高舉雙手表示歉意。

隨後，他在春希身旁坐下，回憶起今天祭典的種種畫面。

春希和沙紀打頭陣，和大家合力拉山車。

兩人奮力的身影，想必已經傳遍整個月野瀨了吧。

眼前這幅人人歡聲笑語、熱情狂歡的盛會景象，就意味著祭典的成功，以及村民對春希的接納。

隼人拿起汽水瓶喝了一大口，嘴角上揚。

他低聲脫口說出了內心深處的感想。

「今天好開心啊。能和春希一起參加祭典，真的太好了。」

聽隼人這麼說，春希眨眨眼睛，接著露出一抹溫柔的笑靨。隼人也以微笑回應。

「這都是沙紀的功勞。」

「我真的沒想到她會過來一起扛，嚇死我了。她忽然衝過來，還直接在巫女服外面套上法被。」

「嗯……沙紀真的是個好女孩。」

「是啊，我也這麼認為。我發燒的時候，也是她在照顧我。」

「一定不只這樣。我猜從很久很久以前，在沙紀懂事之後就已經……」

「……春希？」

隼人完全聽不懂春希在說什麼。

隼人疑惑地歪著頭，春希就「嘿咻」一聲站起來，將腳邊的小石子踢飛後開口問道：

「隼人，畢業之後，你會回來月野瀨嗎？」

「…………咦？」

這個問題來得太過突然。

而且隼人根本沒設想過這件事。

忽然被這麼一問，老實說，隼人也只能回答「我不知道」。

頂多只做好了要繼續讀大學的決定。

祭典的喧鬧聲彷彿變得很遙遠。

看到隼人皺著眉頭面有難色，春希輕笑一聲轉過身去。

並走向設置於拜殿旁邊的神樂殿。

此處約有五坪那麼大，在祭典最後，沙紀會在這裡跳舞祭神。

隼人也急忙喝光彈珠汽水，追了上去。

「回來月野瀨後，我跟沙紀一起聊天玩耍時，曾經思考過這件事。要是我當時繼續留在月野瀨，現在會是什麼樣子？」

「這……」

春希又換了個問題。

隼人拚命發揮想像力，就是沒辦法將過去的「春希」和眼前的「春希」重疊在一起。對隼人來說，過去是過去，現在是現在。

春希露出有些尷尬的笑容，用手將長髮抓成一束。

「一定不會把頭髮留到現在這個長度吧？應該會留短髮、有層次的狼尾剪或鮑伯頭。上國中後第一次穿裙子，會被你笑一點也不適合，也會跟沙紀變成好朋友。遇到什麼事，你就會叫我『去跟村尾多學學』，而我一定會找沙紀——」

「……」

這或許是很合理的畫面。

他們之間的關係，一定也會跟現在截然不同。

但這終究只是假設。

春希為什麼會忽然說出這種話？隼人越聽越迷糊了。

他皺起眉頭。

「……我只是說說而已。」

說完，春希就嘆了一口氣，將束著頭髮的手鬆開。在篝火映照下，那頭黑髮輕盈地飄盪起來。

那一瞬間，春希身上的氣息改變了。

隼人不禁瞪大雙眼。眼前的她，變成了轉學第一天遇見的那個清純可愛美少女。

「因為我已經不是以前的『春希』了。現在的我，是二階堂春希。」

「啊，喂！」

春希有些落寞地低語，往舞台前走去。

隼人伸出手想留住她，怎料雙腳竟動彈不得。不對，是他意識到留在原地靜靜守護，才是正確的選擇。

只有祭典的壓軸表演才會用到神樂殿，所有人的意識都集中過來，對最後的演出充滿期待。這時春希卻忽然現身，眾人疑惑的視線全都聚焦在她身上。

春希深深吸了一口氣。

她把拿在手上的彈珠汽水空瓶當成麥克風，唱出了改革世界的咒語。

『我對你一見鍾情～♪』

「——啊。」

現場的嘈雜聲響頓時化為一片寂靜。

這是過去曾經風靡一世的連續劇主題曲，春希之前在活動會館有唱過，這次變成了無伴奏版本。

哀戚的歌聲和眼神，對無法觸及之物焦急渴求的手勢，和最後還是忍不住追趕的步伐（舞步）。

『——琥珀色的夢～♪』

現場沒有任何伴奏，光靠春希一個人的肢體動作，就營造出一個虛擬（戲劇化）的世界。

猝不及防被帶進異世界的居民們，眼神都緊緊鎖在使出這個法術的魔法師（春希）身上。所有人都為她深深著迷，甚至忘了呼吸。

她演繹出令人眼花撩亂的各種神態，彷彿擁有眾多面相的月亮一般。

『——碧綠色的信箋，深埋在心間……♪』

歌曲來到尾聲。

每個人都拜倒在春希的魅力之下，被她奪走了心神。

餘韻久久不散，大家還是驚訝得不知所措，全都愣在原地。春希對眾人深深一鞠躬。

但這並不是結束的信號。

——暖場表演。

當這四個字閃過腦海的那一刻。

現場響起「鏘啷」的鈴鐺聲。

與此同時，從拜殿出現了一名高雅又神祕的少女——沙紀，打破了春希營造出來的虛擬世界。

所有人的注意力都轉向沙紀。

並緊張地吞了吞口水。

這時，回到隼人身邊的春希用嚴肅的嗓音低聲道：

「欸，隼人，你要好好欣賞沙紀的表演喔。」

「還用得著——」

——最後的「妳說嗎」這三個字，隼人沒能說出口。

春希的視線直盯著沙紀，全身的肌肉都緊緊繃住。
她的表情嚴肅至極，讓隼人猶豫了一瞬，也跟著板起臉來。
隨著宮司吹奏的笛聲，神樂舞表演正式開始。
在夜幕低垂的星空下，篝火照映著主角沙紀。
這是從平安時代，久遠到不可考的遠古時期傳承至今的舞蹈。
描述了遠古時期當地發生的各種軼事。
湊巧的是，跟春希在暖場表演吟唱的那首歌有異曲同工之妙。
沙紀隨著清脆俐落的鈴鐺聲翩然起舞。
優雅、豔麗，又華美。
甜蜜哀愁、心懷戀慕，又痛苦不堪。
歡喜、悲戚、憧憬。
沙紀用舞蹈表現出各種不同的情景。
雖然從小就看過很多次，但今年沙紀的舞蹈是目前為止最有感情的一次，像太陽般光芒萬丈，隼人也忍不住發出「啊啊」的讚嘆聲。
「……果然跟我不一樣。」

「春希？」

「因為，你看……」

春希這麼說，並往周遭瞥了一眼。

雖然每個人的目光跟剛才春希表演時一樣，都牢牢釘在沙紀身上，卻會面帶微笑地喊出「喔～～」「天啊」等驚嘆詞——就像隼人剛才那樣。

見狀，春希有些自虐地輕笑出聲。

「因為我粉飾外在的行為，只是為了連姓名和長相都不知道的陌生人。沙紀卻是主動發自內心真誠地表現，將心情傳遞給某個特定對象。」

「才——」

——沒有這種事。隼人說不出最後那幾個字。

這一次，隼人真的不知該說什麼才好。

此時掠過腦海的，是重逢當時戴著虛偽面具（裝乖），與他人保持距離，雖然是人人崇拜的風雲人物，卻總是孤立無援的春希。

如今春希臉上也帶著那種生硬的笑容。

隼人一時衝動伸出手，卻撲了個空。

當他露出大感意外的表情時，春希將視線轉向沙紀，用嚴正的口吻說：

「隼人。」

「…………」

春希雖然用勸告般的語氣喊了他的名字，那雙眼卻緊緊跟隨著沙紀。

隨著「鏘啷」的鈴鐺聲響，神樂舞畫下了句點。

與此同時，現場爆出熱烈的掌聲與歡呼。

「沙紀，今年也好精彩啊～～！」

「果然還是得看這場表演，才有祭典落幕的感覺呢！」

「好，待會兒要去誰家續攤啊！」

祭典宣告結束的那一刻，世界又回歸日常。

在這樣的氛圍中，隼人有些茫然。

有種齒輪沒有咬合，不，是遭到錯置的感覺。

種種思緒在心中掀起滔天巨浪。

「隼人，我們去找沙紀吧？」

「啊，好。」

但春希不顧隼人的茫然，抓起手腕拉著他走。

沙紀坐在神樂殿旁的長凳上吃豆皮壽司。

看到春希揮揮手朝自己走來，沙紀連忙將壽司吞下肚，用力拍拍胸口。

「辛苦啦，沙紀。真的太～～～精彩了！」

「嗯嗯，謝、謝謝妳的讚美！那個，因為春希姊姊前面的表演太出色，讓我今年覺得特別緊張呢！」

「啊哈哈，是不是慶幸自己有拿出幹勁好好發揮啊？」

「討厭，真是的～！」

聽到春希語氣輕佻的調侃，沙紀像小孩一樣鼓起雙頰，瞇眼瞪著春希以示抗議。沙紀素來穩重可靠，很少在隼人面前表現出這種符合年紀的可愛模樣。

兩人之間充滿親暱的氣息，讓人感受到春希來到月野瀨後，與沙紀之間的距離一口氣縮短了不少。

「……對了，姬子怎麼從剛剛就不見人影？」

「啊……小姬她好像吃太多了，呃……」

「啊哈哈，很像小姬會做的事。」

這時隼人也加入話題，過程順利到令人驚訝的地步。回來月野瀨之前，隼人根本無法想像自己能像這樣跟沙紀聊天。

今年夏天的這場祭典，讓隼人他們之間出現了某種戲劇性的變化。

「對了，沙紀，雖然早了一天，但機會難得，乾脆把那個送一送吧？」

「咦？啊，好啊。」

「就是這樣。隼人，你在這裡等我們喔！」

「啊，喂！」

於是春希拉著沙紀的手，轉眼間就往村尾家跑去。

獨自被留在現場的隼人，看著剛才被春希抓過的手腕嘆了一口氣，並搔搔頭髮。

他放眼望向四周。

祭典已經結束，餐點也被收拾得差不多了，很多人都踏上了回家的路。發出啪嚓聲的篝火火勢也越來越小，再過一個多小時就會完全熄滅吧。

祭典結束後的場面。

看著這一幕，隼人有些悲從中來。

可能是因為後天就要回到大城市，才更覺得心酸。

「村尾啊……」

內心五味雜陳，但困惑之情占了大半。

過去與自己看似親近，實則疏離的女孩子。

隼人的臉難看地皺成一團時，就聽見春希「喂～～！」的喊叫聲。

他往聲音方向看去，發現春希拉著低下頭的沙紀的手，眉頭微微一皺。

兩人回到隼人面前後，春希立刻繞到沙紀身後，往她背上一推。

「上吧，沙紀！」

「春、春希姊姊！」

「什麼情況……？」

被推到隼人面前的沙紀，似乎將某個東西小心翼翼地抱在胸口。

她的臉頰通紅一片，低垂的睫毛不停顫抖。

隼人再次看向沙紀。

肌膚白皙，身形纖瘦，充滿神祕的氣息，性格溫文儒雅，還擁有媲美春希的美貌。這樣的沙紀動作忸怩，時不時抬眼拋來無辜的眼神，換作其他人也很難不心動。

「沙紀。」

「唔！」

春希溫柔的嗓音傳到沙紀身後。

沙紀像受到鼓舞般往前踏出一步，緊緊抿脣，用眼角微微下垂的眼睛直盯著隼人瞧，讓隼人心跳加速。

接著，她用力地將抱在胸前的東西往前推，有點半強迫地交給隼人。

「雖、雖然早了一天，這是你的生日禮物！」

「…………咦？」

◇◇◇

連春希都能清楚看出隼人心中的動搖。

雙頰泛紅，視線游移不定，只能語無倫次地喊出單音節的字。

這也難怪。連身為同性的春希，都覺得沙紀是美到讓人驚嘆的美少女。

被這樣的女孩送上生日禮物，還直截了當地表明心意，當然會心慌意亂。

但不知沙紀是如何解讀隼人僵直的反應，她的睫毛和嗓音都不安地顫抖著。

「那、那個，呃，忽然收到這種東西，你很傷腦筋吧……」

「呃！不、不是，怎麼可能！我是第一次收到別人送的生日禮物，有點不知該作何反應……那個，我很高興，嗯……」

「太、太好了！」

「呃，這是……」

「是、是圍裙。我聽小姬說，哥哥現在用的圍裙已經破破爛爛了。」

說完，沙紀就將抱在胸前的禮物在隼人面前攤開。

這條手工圍裙上有Q版的狐狸繡章裝飾，感覺滿可愛的。春希還記得沙紀看著網路上的方法，一邊摸索一邊縫製，還辛辛苦苦地將針穿過厚實的繡章。

這份禮物飽含了沙紀滿滿的心意。

每當隼人看著圍裙說：「狐狸啊，很有村尾的感覺。」「這是妳自己做的嗎？」沙紀的表情就忽好忽壞，看了讓人會心一笑。

所以春希忽然有種「他們好登對」的想法。

而且，要是隼人沒搬到大城市，他們總有一天會在一起吧。春希敢打包票。

「……！」

春希心中泛起一絲苦澀。

繼續留在這裡，竟有種格格不入的感覺。

於是春希放輕腳步聲，偷偷地離開現場。

月色皎潔明亮。

從山上滾滾而下的晚風，讓樹葉晃出了沙沙聲。

春希甩著一頭長髮在黑暗中狂奔，彷彿要擺脫什麼。

「……啊。」

她發出難以形容的驚呼聲。剛才她應該只是不顧一切地隨便亂跑。

結果出現在眼前的，居然是她的祕密基地（偏殿）。以前只要跟祖父母有爭執，春希就會逃出倉庫，跑到這裡來。在星月的光芒下，向日葵跟過去一樣輕柔晃盪。

春希用力抓緊上衣胸口處。

看到隼人和沙紀這兩個最珍惜的朋友和睦相處，春希感到欣慰，也非常樂見，但不知為何，胸口卻躁動不已。

或許該歸咎於在內心深處萌芽，日漸茁壯的那份感情吧。

可是，儘管如此。

春希心中依舊存在著絕對不能妥協的堅持。

「……沙紀從小時候就一直喜歡著隼人。」

她像是在確認事實般，試著將這句話說出口。

沙紀一定是這個世界上第一個喜歡上隼人的女孩子。

不僅如此，看了沙紀在月野瀨的種種表現，就知道她明裡暗裡都在幫助隼人。沒有絲毫算計，也不求回報。

因為喜歡，因為想幫忙，於是伸出援手。

所以一定要讓沙紀先表達她的心意才行。

而且，沙紀是春希的朋友。

對春希來說，朋友是特別的存在，比家人或世上的一切都要特別。

這時，她忽然想起以前跟隼人立下的約定。

『春希，我們永遠都是好朋友喔！』

過去那句話化作無形的鎖鍊，纏上春希，使她無法動彈。

春希心想「哪怕試一試也好」，想要用力握緊拳頭，這才發現手上握著手機殼。

物。

「……啊。」

這是想和沙紀一起送給隼人，親手做的生日禮物。

是她一邊想著以前和隼人去買手機時，聊到手機殼卻不了了之的往事，一邊做出來的禮物。

「隼人剛才說，他從來沒收過別人送的生日禮物吧……」

之前隼人把在電子遊樂場贏來的，那隻身體莫名細長的貓咪玩偶送給了春希。春希回想起當時的畫面，以及當時的心情。

她的臉難看地皺起，千頭萬緒在腦海中亂成一團。

「呃！」

這時，春希的手機忽然傳來鈴聲。

看了看手機螢幕，發現是未萌傳了訊息過來。

『我今天也很努力地在花圃耕作喔。』

隨著這則訊息，未萌還附上一張照片，尚未動用的花圃一角已經堆起田埂了。

就只是微不足道的日常即景。

但春希一看到訊息，就反射性地按下通話鍵。

「呀呵～～未萌，妳又想種什麼新菜嗎？」

『啊，春希。嗯，秋天快到了，我想先把位置清出來。』

「原來如此原來如此，是秋末冬初就能收成的蔬菜嗎？」

『馬鈴薯、白蘿蔔、白菜、青花菜……呵呵，實際要種什麼，我想等新學期開始後，跟大家討論完再決定。』

「……………唔……」

新學期。

未萌無心拋來的這句話，彷彿在春希頭上澆下一盆冷水，讓春希全身緊繃，啞口無言，有種忽然被拉回現實的感覺。

馬上就要跟沙紀道別了。

被迫意識到這一點，春希就覺得渾身不舒服。

『……春希？』

「啊，嗯，沒什麼，只是眼睛進沙子了。」

未萌似乎清楚察覺到春希的異狀，用有些憂慮的嗓音喊了她的名字。春希雖然一時驚慌地找藉口開脫，但想到電話另一頭是她的「好朋友」未萌，就好想將這份無藥可救的感情如實坦白。於是她用有些撒嬌的語氣，吞吞吐吐地說出心裡話。

「……沙紀是個非常好的女孩。在月野瀨實際見到她後，這種想法變得更強烈了。」

『春……』

「不但會馬上留意到細節，還會默默給予聲援及幫助，連我都受了她不少照顧。不知該說她是無名英雄，還是待在身邊就能安心的存在……月野瀨的村民也都知道沙紀是這種人，所以對她疼愛有加……」

她想起剛才的隼人和沙紀。

隼人曾說，春希是他的搭檔。

只要和春希在一起，就能做到一個人辦不到的事。

反過來想想，沙紀在隼人心中又是什麼樣的存在？

是為隼人在月野瀨提供歸宿，讓他能安心打拚奮鬥的功臣。

「過去的」隼人之所以能成長為「現在的」隼人，或許都是沙紀的功勞吧。

如果春希是與他一同振翅飛翔的單邊翅膀，沙紀就是他該回去的棲木，以及該投奔的歸宿。春希不禁這麼想。

「——啊，我明白了……」

『……咦？』

某種情緒忽然「咚」的一聲跌進心底。

這一定就是讓她不由自主，想在沙紀背後推一把的真正原因。

「因為沙紀是在備受寵愛的環境下長大……才能發自內心地愛著某個人……」

——哪像我，扭曲又醜陋。

剛才看到的那段神樂舞，不就是最好的鐵證了嗎？

春希完全說不出話。

氣氛變得一言難盡，未萌的困惑也隔著電話傳遞過來。感覺到未萌正在拚命思考要說些什麼，因此春希滿懷歉疚地露出自嘲的笑容。

「嗯，改天見嘍，未萌！」

『……啊！』

春希不容分說地掛斷電話，抬頭仰望夜空，不讓衝上心頭的洶湧思緒溢出眼眶。

風颯颯地拂面而來。

在星月的光芒下，向日葵為結束的祭典唱出寂寞的歌。

沙紀的腦袋裡裝滿千思萬緒，無法運轉。

「因、因為小姬總說我的髮色很像狐狸，所以……！」

「是、是嗎？啊，但這件圍裙這麼可愛，弄髒了感覺很不好意思耶。」

「那、那明年我再做一件新的給你！」

「唔！這樣啊，明年還會再做一件嗎？」

「還、還是準備其他禮物比較好呢！」

「不是這個意思啦！」

「啊！」

「……」

「……」

不知是第幾次的沉默再次籠罩著兩人。從剛剛開始，他們中間就隔著拿在手上的這件圍裙，重複著有點意義又沒什麼意義的鬼打牆對話。

短短兩個月前，沙紀還無法想像她跟隼人之間會發生這種狀況。她還沒做好心理準備，一下子跳過太多階段了。

即使如此，沙紀還是很想永遠沉浸在這股氛圍當中。

但這是不可能的。

篝火內的柴薪已經燒成黑炭，閃爍著微微的紅色火光。過了這麼長的時間，沙紀的情緒也總算平復了一些。

回過神來，四周已經全暗了。

「總、總之，請你收下這——」

「啊、好…………村尾？」

「——唔！」

這時，沙紀忽然察覺異狀，把原本要交給隼人的圍裙收回來。看到隼人臉上閃過一絲悵然，沙紀的心跳不由得加快幾分。但不一會，沙紀就收起笑容緊閉雙脣，環視四周問道：

「那個，春希姊姊呢……？」

「啊……對喔，她不在呢，跑去哪裡了？」

不知不覺間，春希消失了蹤影。

不知道她為什麼要離開。

對沙紀而言，春希這個人實在難以用筆墨形容。

外表是楚楚可憐的美少女，內在卻和藹可親，還跟隼人建立起自幼維持至今的友誼。沙紀也看得出隼人是春希心中特別的存在。

考量到她所處的立場，內心應該複雜到一言難盡的地步。

而且，春希一定是把隼人當成異性看待。沙紀緊緊地抱住圍裙。

她可以和原本關係疏遠的隼人拉近距離，是春希的功勞。

但眼下這個狀況，明顯是春希刻意的安排。

「哥哥，這個生日禮物，是我跟春希姊姊一起準備的，我們各做了一個。」

「咦，春希也準備了……？」

「是啊！所以送禮的時候，春希姊姊也要在場才行！」

這是沙紀無法妥協的堅持。

因為不這麼做的話，她覺得自己日後會沒辦法抬頭挺胸地站在春希身旁。

「我們去找春希姊姊吧！」

「村、村尾！」

沙紀抓起驚訝的隼人的手，衝了出去。

藍白色的月光從樹林間灑落。

沙紀跑下神社的階梯，並放眼望向周遭。

眼前這片景色，沙紀打從出生以來就一直看在眼裡，絲毫沒有變化。

森林和群山簡直就像監獄一樣——她也曾經有過這種想法。

可是現在，她知道世界充滿了五彩繽紛的耀眼光輝。

但即使期盼能跟隼人更貼近一些，沙紀也只敢遠觀、毫無作為，過著以前那種停滯不前的日子。

而意想不到的離別，在某一天說來就來。

當時的失落感，沙紀應該一輩子都忘不了。

未來她和隼人的緣分就到此為止了，這個事實清清楚楚地擺在眼前。

那個時候，是誰拉了她一把呢？

加入聊天群組、玩遊戲，還有生日禮物。

啊啊，自己老是被牽著走。

要是……

要是此刻不做出改變，未來她一定會後悔一輩子。

所以，沙紀現在努力地奔跑著。

「村尾，妳說要找，但要去哪裡找啊！妳心裡有底嗎！」

「我不知道！但應該知道！」

「妳到底知不知道啊！」

「啊哈哈！」

沙紀自己也覺得這句話很有問題，卻也自然而然地發出笑聲。

這種時候，春希會去什麼地方？

一定是以前的「春希」不想讓「隼人」看到那種表情時，會去的避難場所，也就是之前偷偷告訴沙紀的祕藏景點。沙紀忽然有些猶豫，不知該不該帶隼人去那個地方，但她逼自己忽略這層顧慮，徹底拋諸腦後。

「這裡是……」

身後傳來隼人疑惑的聲音。

這也難怪，對過去的他們來說，這裡是個特別的地方。

撥開茂密叢生的雜草，穿過被蓊鬱樹林掩蔽的道路後，就看到春希站在那裡仰望明月的身影。

和夜晚的向日葵一同沐浴在星月光芒下的春希，簡直就像美麗嬌豔的一朵鮮花。

看著彷彿將繪畫或從童話故事中走出來的人事物擷取下來的迷幻光景，沙紀甚至不確定自己該不該呼吸。

但這份猶豫轉瞬即逝，沙紀努力將有些下垂的眼角憤怒地往上吊，直盯著春希不放，接著提高音量大喊一聲，劃破眼前這股類似儀式的嚴肅氣氛。

「春希姊姊！」

「唔！沙紀……連隼人、也……」

發現兩人的身影，春希大吃一驚。看到她的表情時，沙紀瞠目結舌，倒抽一口氣。

春希哭了。

雖然臉上沒有淚痕，也沒有發出聲音，但春希確實在哭。

想必……

小時候的她逃到這個地方後，都會像這樣無聲地哭泣吧。

所以沙紀看了她的反應——

心裡……

真的……

很不是滋味。

沙紀的拳頭抵上被緊緊揪住的胸口，一步步朝春希逼近。

「咦？呃，沙紀，怎麼回事？禮、禮物呢……」

「春希姊姊，我有話要跟妳說。」

「啊，是。妳、妳要說什麼？」

「我是來找春希姊姊吵架的！」

「沙、沙紀！」

「看我的～～！」

「唔！」

「村、村尾！」

只見沙紀將手高高舉起，用撫摸的力道「啪」一聲輕輕拍上春希的臉頰。

春希訝異地眨眨眼睛，看著沙紀的臉龐。

「咦？咦？呃，什麼，吵架？」

「對，吵架，所以我要捏妳的臉頰了！」

「蝦、蝦紀！」

這次春希的臉頰被沙紀左右拉開。

跟剛才的巴掌一樣，這個捏臉頰的動作也像可愛的打鬧。

但沙紀的眼神極其嚴肅。

「聽到春希姊姊說想跟我好好相處的時候，我真的好高興！我們變成好朋友，這幾天都玩在一起，開心得不得了……我最喜歡春希姊姊了！我想跟妳變成真正的朋友……所以要跟妳吵一架！」

沙紀無意斟酌用詞，直接將情緒抒發出來，喊出最真實的心聲，眼角還泛著些微淚光。

她當然知道自己現在很感情用事，說出口的每一句話都毫無邏輯。

儘管如此，沙紀還是得說清楚。

「所以妳不要莫名其妙地替我操心，也不要有所顧慮啦，大笨蛋～～！」

「…………啊。」

春希皺起臉，就像面具出現了裂痕。

絕對不能再原地踏步了。

只要改變自己，世界也會有所變化——沙紀從小就明白這個道理。

但現在回想起來，過去她因為害怕改變，擔心自己受傷，結果一事無成。

她對「改變」一詞充滿強烈的恐懼。

但兩個月前她才領悟到，比起抱憾終生，還不如鼓起勇氣改變。

因此，哪怕會給對方添麻煩，或讓對方心生厭惡，沙紀還是克服了這些恐懼，往前踏出一大步。

「我現在，要耍任性了！」

「沙、沙紀？」

沙紀硬是抓住春希拿著手機殼的手，站在她身旁。

任性——這兩個字讓春希雙肩一震，但沙紀沒理會她的反應，帶著重新調整心態的意味輕咳一聲。

「生日禮物，一定要跟春希姊姊一起送才行！」

「咦？啊……」

在沙紀的催促下，春希一起將禮物拿到隼人面前。

隼人有些懾於這份氣勢，收下了禮物。

「啊，那個，謝謝妳，春希……還有村尾。」

「我也不想聽到這句話。」

「……咦？」

「只有我是『村尾』。大家都親暱地互稱名字，只有我被當成外人，這種感覺很差！」

「啊，嗯，沙、紀……」

「………………嗯。」

雖然氣勢洶洶地說著任性話，但被直呼名字後，沙紀還是羞紅了臉。

沙紀陷入沉默後，周遭的氣氛變得凝重，但春希帶著羞赧的微笑牽起她的手。沙紀緊緊回握，並順勢將隼人的手也硬拉過來。

過去她總是只在一旁看著。

在學校、在神社、在無數個路邊。

卻什麼也做不到。

這種時候，是誰硬是把自己拉進那個小圈子裡的？

沙紀試著將種種回憶放上心中的天秤。

清晨的朝霞、在河濱嬉戲、烤肉大會。

聊天群組、隨口閒聊、一起做禮物。

開心的、驚訝的、受到傷害的那些事。

交談過的每句話、層層積累的感情、共同擁有的回憶。

這些還遠遠不夠。

所以，沙紀真的很想繼續和隼人及春希製造回憶，讓天秤達到平衡狀態。

畢竟從現在開始。

一定還不算晚。

「我要跟你們讀同一間高中！一定要！因為除了春希姊姊，我也很喜歡哥哥和小姬……

所以春希姊姊、哥哥——！」

因此沙紀決定做出改變。

或許沒辦法說變就變。

過程中可能會面臨重重阻礙。

即使如此，沙紀還是順從自己的心（任性），用宏亮的嗓音喊出這個決定。

「——請你們以後，也對我一視同仁！」

尾聲

時序來到九月。

月曆上的日期早已入秋，卻還殘留一絲幾乎要把人燙熟的燠熱。

話雖如此，從今天開始就是新學期了。

或許是相隔多時又重新回到學校生活的緣故，上學途中，隼人的腳步十分輕盈。

走進教室，同齡學生擠在一起吵吵鬧鬧的這個地方竟讓人有些懷念。隼人不禁苦笑。

這個暑假發生了好多事。

隼人稍稍環顧四周，發現其他同學也一樣。他看到有人皮膚曬得黝黑，有人的體型和髮型變得跟先前完全不同，還有距離急速拉近的男女。他們一定都有各自的回憶吧。

在月野瀨根本看不到這種明顯可見的變化。說穿了，那裡也沒幾個人。

各種人事物瞬息萬變，來到大城市後，這種感覺變得更加強烈了。

也經常跟不上突如其來的變化。

說起這個夏天的變化，在旁人眼中，坐在隔壁的春希應該也變了不少。

「………呼。」

她苦惱地嘆了口氣，卻又莫名急躁，靜不下來。

偶爾想起什麼，她就會拿出手機滑一滑，隨後又嘆一口氣。

一看就知道她整個心思都繫在某個人身上……跟之前剛和姬子交換聯絡方式時一樣。

隼人能理解春希的心情，但她這些反應自然引來了旁人的關注，連隼人都感受到同學們有些無禮的試探眼神。

隼人搔搔頭，皺起了眉，卻忽然被人用力搭上肩膀，那個人似乎沒打算放過他。

「隼～～人～～啊～～」

「伊、伊織！」

「我好悲慘啊，明明那麼指望你來打工，你卻突然放我鴿子～～……嗚嗚，拜你所賜，我跟惠麻在暑假後半段哪裡也不能去……！」

「抱、抱歉，因為回來後又處理了一些事……啊～～那個，聽說一輝有去幫忙？」

「對啊，可是他還有社團活動要忙，只會偶爾來幾次而已。但要是沒有一輝幫忙，我就真的完蛋了。」

「這樣啊，下次得跟他道個謝才行。」

「……還有，你跟二階堂之間發生什麼事了？」

「啊～～這個嘛……啊、啊哈哈哈……」

伊織一臉狐疑地看向春希，瞇起的眼睛帶著「怎麼回事？給我說清楚」的言外之意，但隼人也不知道怎麼回答。

隼人尷尬地笑著糊弄過去。這時有人似乎急得坐不住了，直接上前突擊春希。那個人就是伊織的女朋友，伊佐美惠麻。

「好久不見，二階堂同學。」

「啊，伊佐美同學……不好意思，這幾天忽然找妳代班……」

「啊哈哈，沒辦法，妳有急事要處理嘛。不過，嗯，先不談這件事……妳沒辦法來打工的理由，跟手機另一端的那個人有關嗎？」

「唔！咦，呃，那是……」

「是怎樣……？」

伊佐美惠麻散發出不容分說的魄力。

或許其中還夾帶著因為打工太忙，導致計畫泡湯的怨氣吧。

招架不住的春希被逼得走投無路。

也許是發現勝券在握，其他女同學也跑來嚷嚷著：「咦？什麼什麼，發生什麼事了～～！」「聽說二階堂同學開始在白糕點鋪打工了，這是真的嗎～～？」將春希團團包圍，讓她無處可逃。

隼人露出苦笑，彷彿要春希節哀順變，同時用有些擔憂的口吻低語：

「……原本說上高中之後才要過來，可是……」

◇◇◇

只要改變自己，世界就會有所變化。

所以沙紀決定要稍稍坦然面對自己的心，好好將心中的期望說出口。

世界卻以沙紀始料未及的速度徹底轉變。

世界每一次的變化都發生在一瞬間，說來就來。

「哇，皮膚好白喔！而且那個髮色是天生的嗎！」

「好可愛～～呃，胸部也很大！唔喔喔，真讓人熱血沸騰啊！」

「我記得她是霧島家鄉當地的朋友吧？」

「喂～～沙紀～～！」

在沙紀眼前的這些同學，人數跟月野瀨中小學的全校學生差不多。看到這麼多人，沙紀不禁頭暈目眩。

而且居然還有三個班，簡直莫名其妙。

雖然早就聽說過大城市的人口比月野瀨還多，沒想到隨隨便便就超出沙紀的想像。

被這麼多人用好奇的目光盯著看，也難怪沙紀會緊張到渾身緊繃。

現在沙紀是以轉學生的身分，站在大城市的國中教室講臺上。

身上穿的不是鄉下那種俗氣的背心裙制服，而是設計高雅的全新水手服。因為制服太過時尚，沙紀忽然擔心自己撐不起這套制服，完全靜不下來，不斷觀察衣領或下襬有沒有翻摺的痕跡。

在教室一隅的好朋友（姬子）還樂呵呵地對她揮揮雙手，露出燦爛無比的笑容，讓此刻的沙紀恨得牙癢癢。

（怎麼會變成這樣啦～～！）

那天以後，沙紀就對父母、祖父母及親戚們說出了自己的心願。

好想去大城市。

真的好想去隼人、春希，還有姬子未來可能也會就讀的那間高中上學。沙紀使出渾身解數表達她的期望。

沙紀從小就是個乖巧懂事、讓人不必太過煩惱，還會努力修習神社事務（家業）的好孩子。這是父母、祖父母和親戚第一次聽到沙紀的心願（任性）。

感到驚訝的同時，他們也給出了答案，情況就變成現在這樣了。

沙紀非常訝異，心裡是又高興又有些愧疚。

所以在八月的最後一個星期，所有月野瀨的村民從上到下都亂成一團，連隼人、春希和姬子都被捲入其中。

雖然已經事先看好房子，升學和搬家的準備也進行得還算順利，時間還是非常緊湊。

借助了大家的門路和協助，沙紀才東趕西湊地搬到了都市。

「呃，那個，村尾同學？」

「啊，是！我叫村尾沙紀！是從深山裡轉學過來，什麼都不懂的鄉巴佬——」

雖然有些不知所措，但在班導的催促下，沙紀說出自我介紹。

回想起來，她原本就知道這個世界瞬息萬變。

只是眼下這個狀況太出乎意料了。

老實說，沙紀依舊充滿困惑。

儘管如此，她還是決定要改變自己。

不能再猶豫不前了。

沙紀做了個深呼吸。

接著挺起胸膛，露出心目中最大膽無畏的笑容，高聲宣言：

「——但我會努力融入大家，所以請各位也對我一視同仁！」

在熱烈的掌聲歡迎下，沙紀的肩膀顫了一下。

後記

我是雲雀湯！正確來說，是某個城市的大眾澡堂「雲雀湯」的店貓！

已經在這篇後記中跟大家見面四次了，各位都已經變成常客了呢！

《轉美》第四集，大家覺得怎麼樣呢？

其實這一集的字數是目前為止最多的一次，頁數卻比第三集還要少吧？（註：此為日版狀況）多虧編輯用魔法控制了頁數，呵呵，大家能猜出其中的原理嗎～～？

這一集作者我最費盡心思描寫的場景，就是水壩湖的橋段。其實原先沒有這段情節，但角色們的進展來得措手不及。

所以，年底我臨時跑到水壩湖去取材。

我選擇的是奈良縣吉野郡下北山村的池原水壩，號稱是近畿地區最大的人造湖。

真的好大，比我想像中還要大。而且我當時算準時間在天亮前出發，跟故事中同樣在朝陽下波光粼粼的水面，實在太讓人震撼了。

沿著水壩旁邊的道路走，還能看見跟六地藏一起沒入水中的石碑。

這裡過去曾有數百戶人家，每一戶都過著不同的生活，如今卻沉在水底深處。這種難以言喻的心情，讓我胸口隱隱作痛。我透過故事裡的隼人和春希轉述了當時的驚訝與感動，希望各位讀者也能體會到這份心情。

暫且不談這些，沙紀也到大城市來了，過去因為隼人和姬子的搬遷引發的一連串騷動，至此也暫時畫下句點。

其實當初開始連載《轉美》的時候，我心中就已經有這四集的基本內容架構了，所以這四集可以算是第一部吧？總而言之，能成功將劇情推進至此，讓我有一點點成就感。

下一集開始就是新學期了，希望經過暑假後煥然一新的劇情能讓各位看得盡興。

他們幾個已經脫離童年，卻又不能歸類為大人。

對他們來說，「活出自我」或許還是一件難事。

說謊隱瞞、戴上面具、互相欺騙。

每個人都在試探彼此的煩惱，有時又不願面對，含糊帶過，但時光依舊會一點一滴地急速流逝。就因為是學生時期，歲月流逝的速度更快，根本沒辦法停下腳步。

但願各位讀者都能在一旁為他們默默加油打氣。

另外，大山樹奈老師執筆的《轉美》漫畫版第一集，近期就要上市了。

也請大家多多捧場喔！

依舊很感謝大家寄來的粉絲信。

我偶爾也會面臨文思枯竭、無法動筆的窘境，這種時候我就會重看粉絲信找回動力。身後有你們的支持，我就能繼續往前走。粉絲信真的有種不可思議的力量呢，就算只有寥寥幾個字，或是只寫了一句「喵～」，我還是能感受到藏在字裡行間的滿滿心意。

最後，我要感謝K責編不斷陪我商量並提出建議。負責插畫的シソ老師，謝謝您提供精美的插畫。我也要對支持我的所有人，以及讀到這裡的每位讀者獻上由衷的感激，希望往後也能繼續得到你們的支持。

粉絲信跟平常一樣，只寫一句「喵～」也沒關係喔！

喵～～！

令和4年　3月　雲雀湯

國家圖書館出版品預行編目資料

轉學後班上的清純可愛美少女，竟是小時候玩在一起的哥兒們 / 雲雀湯作；林孟潔譯. -- 初版. -- 臺北市：臺灣角川股份有限公司, 2022.12-
冊； 公分
譯自：転校先の清楚可憐な美少女が、昔男子と思って一緒に遊んだ幼馴染だった件
ISBN 978-626-352-085-1(第4冊：平裝)

861.57 111017181

轉學後班上的清純可愛美少女，竟是小時候玩在一起的哥兒們 4

（原著名：転校先の清楚可憐な美少女が、昔男子と思って一緒に遊んだ幼馴染だった件 4）

2022年12月21日 初版第1刷發行

作　者：雲雀湯
插　畫：シソ
譯　者：林孟潔

發行人：岩崎剛人
總編輯：蔡佩芬
編　輯：孫千棻
美術設計：李思穎
印　務：李明修（主任）、張加恩（主任）、張凱棋
發行所：台灣角川股份有限公司
地　址：104台北市中山區松江路223號3樓
電　話：（02）2515-3000
傳　真：（02）2515-0033
網　址：www.kadokawa.com.tw
劃撥帳戶：台灣角川股份有限公司
劃撥帳號：19487412
法律顧問：有澤法律事務所
製　版：巨茂科技印刷有限公司
ISBN：978-626-352-085-1

TENKOSAKI NO SEISOKAREN NA BISHOJO GA, MUKASHI DANSHI TO OMOTTE ISSHO NI ASONDA OSANANAJIMI DATTAKEN Vol.4

First published in Japan in 2022 by KADOKAWA CORPORATION, Tokyo.
Complex Chinese translation rights arranged with KADOKAWA CORPORATION, Tokyo.